王一梅 个人简介

一级作家,苏州市职业大学教育与人文学院儿童文学研究所所长,苏州市作家协会副主席,江苏省作家协会理事。出版图书100多册,有长篇童话《鼹鼠的月亮河》、《木偶的森林》;小说《城市的眼睛》;短篇童话《书本里的蚂蚁》等。

获得荣誉

★ 长篇童话《木偶的森林》获第十一届精神文明建设"五个一工程"入选作品奖;

★ 短篇童话《书本里的蚂蚁》获中国作家协会第五届全国优秀儿童文学奖;

★ 长篇童话《鼹鼠的月亮河》获中国作家协会第六届全国优秀儿童文学奖;

★ 图画书《有爱心的小蓝鸟》获第五届国家图书奖;

★ 图画书《手绢送给小野兔》、《小乌龟卡尔》获得第六届全国少儿优秀读物奖;

★ "爱的教育图画书·王一梅童话系列"获国家教育部优秀读物奖;

★ 童话《米粒与挂历猫》、《米粒与复活节彩蛋》、《米粒与糖巫婆》、《米粒与蛤蟆城堡》、《蔷薇别墅的老鼠》等十多部作品获历届冰心儿童图书奖。

一梅童话
珍·藏·版

木偶的森林

王一梅 著

化学工业出版社
·北京·

图书在版编目(CIP)数据

木偶的森林 / 王一梅著. —北京：化学工业出版社，2013.9（2025.4重印）

（王一梅童话：珍藏版）

ISBN 978-7-122-18217-3

Ⅰ.①木… Ⅱ.①王… Ⅲ.①童话-作品集-中国-当代 Ⅳ.①I287.7

中国版本图书馆CIP数据核字（2013）第195542号

责任编辑：李　辉　丁尚林　　　　　　　　责任校对：陈　静

出版发行：化学工业出版社（北京市东城区青年湖南街13号　邮政编码100011）
印　　装：大厂回族自治县聚鑫印刷有限责任公司
880mm×1230mm　1/32　印张5$\frac{1}{2}$　2025年4月北京第1版第18次印刷

购书咨询：010-64518888　　　　　　　　售后服务：010-64518899
网　　址：http://www.cip.com.cn

凡购买本书，如有缺损质量问题，本社销售中心负责调换。

定　价：16.00元　　　　　　　　　　　　　　　版权所有　违者必究

字与词之间的童话感觉

方卫平

在王一梅的童话里,我们总能觉察到一种诗意的气度。这些童话故事安静地生长在童年的花园里,轻轻悄悄地舒枝展叶、开花吐蕊。它们的绽放一点儿也不张扬,却常常在某一个相遇的时刻里,忽然点亮我们的眼睛和心灵。

作家王一梅十分善于发现和捕捉一些细微、精致而又贴近生命的童年感觉,并把这种感觉完好、细腻地传达到童话的纸页上。她写过一组带有幻想色彩的变形童话,其中包括《我是蜗牛》、《我是一只羊》、《我是一条狗》、《我是一棵树》等。在这些童话里,作家想象中动物、植物的感知特征与一个孩子对于"万物有灵"的生命感觉,很好地结合在了一起。随着故事主人公的变形,我们被一下子带入到了一种有别于人类的细小、别致、有趣的观察和思维的视角里,并透过这个视角,来重新认识人类世界的意义。例如,在《我是一只羊》里,作者对于羊和草的感觉的表现既精细入微,又充满幽默的童趣;故事结尾,变回了人的"我"和爸爸妈妈一起脱下鞋子的细节虽然只是一带而过，却带给读者久久的回味和感动。这也是我最为欣赏的王一梅的其中一篇童话。

当然，在作家的许多童话里，真实的儿童并不常常走进故事里来，而是更多地隐藏在故事背后。在《兔子萝里》中，萝里对自己的"短耳朵"兔子身份从沮丧到接纳的过程，也是一个孩子在成长过程中常常需要经历的自我认同过程的写照。而《尖嘴巴和短尾巴》、《小老虎的成长记录》中吵吵嚷嚷田鼠娃娃和可爱机灵的小老虎，则让我们看到了现实童年的不同侧影。

但王一梅的童话世界显然不仅仅是现实童年世界的一个倒影。作家也把自己关于世界和生命存在的许多细腻的敏感和思索，调和进了这一方想象的天地中。例如，《蜗牛的森林》同时包含了生命自我认同和认识论方面的辩证思考，《女巫和老房子》触及到了生命存在的孤独与幸福，《洛卡的一天》则是一次十分特别的爱的诠释。作家细腻的情思透过文字，一点一点地渗入到我们的阅读感觉中的。很多时候，我们甚至没有办法清楚地用语言来描述这份印象，它与故事仿佛是同一的，不可割离的。发生在女巫和老房子之间的那样一个简单的故事在我们心底所激起的那份柔软而又略带忧愁的生命情愫，到底是从哪里生长起来的？

从故事开头和结尾处那两个简洁的排比段落中吗?从寒冷的冬天、孤独的老房子、一个人走路的女巫这样一些特别的意象中吗?抑或是从作品如原木般质朴直截而又充满情感张力的语言中?确切地说,它是随着作家倾力而又从容的叙述,浮动在每一个字词之间的。

所以说,王一梅的童话有一种诗的气质。即便是在她的那部分带有幽默风格的童话里,我们也能够不时察觉到作品在情感表达、文字经营方面的诗的韵味。但作家的创作追寻从未止步于此。读一读像《狮子的座位》、《青蛙先生看报》、《胡萝卜先生的胡子》这样一些童话故事,我们会感觉到,近年来王一梅童话创作的边界,已经实现了又一次较为成功的拓展。

童年的味道

王一梅

当童年变成往事——

那些甜甜的回忆,犹如棉花糖舍不得吃,最终变成了云朵,飘在似乎可以捕捉,却有些遥远的地方;

那些涩涩的回忆,犹如墨汁在水中化开,色调变得弥漫起来,墨色在水中化解,变成了不可捉摸的飘舞;

那些彩色的、阳光的、温暖的、陈旧的、斑驳的、无奈的……全都变成生活中的一种见闻,故事里的一个转折,多年以后的一声叹息,童话故事里的一个背影。

所有的这些,在匆忙的脚步走过繁华的大街以后,早已藏在了林荫道的后面,偶尔在路灯下遇到黑夜里的黑猫,镜头切回童年的一瞬,却又被身后的嘈杂惊扰了,再寻找黑猫时,黑猫已经消失在灌木中了。

这时候,我遇见了一群孩子——

男孩子们对我说,他们要去草地上看蟋蟀打架,你也去吗?我说,去的。男孩子们说,要撅着屁股趴在地上才能看见,你也愿意吗?我说,这还会不愿意吗?这样不是最舒服的样子吗?

这时候,女孩子们抢着说,她们去树林里寻找蘑菇和挖野草,你要不要去呢?我说,去的,不过我没有小篮子。女孩子们说,可以把挖来的野菜用书包装,蘑菇么,直接塞进衣服的口袋吧。哎呀,我小时候就是这样做的。

还等什么呢?跟着男孩和女孩,去童年的那些地方。

和他们在一起,不光是回忆童年,而是穿越到了一个既熟悉又陌生的森林,阳光投过树叶照射在我身上,在温暖的笼罩中,我遇见了童年的自己,那个我,拥有一片羽毛、一块鹅卵石、一张糖纸……这就是我童年的财富,也应该是我人生的财富。

是的,感谢孩子们让我与童年相遇,让我有机会明白了那么多。

更惊喜的是,孩子们仿佛都有兴趣听长大的孩子讲童年的故事,也很有兴趣把自己的故事讲给长大的孩子听。于是,那么多那么多故事在我们的树林里飞着,撞在一起——

有的飞到了树枝上开出了花,充满芳香;
有的藏在了树洞里,变得神秘;
有的落在地上,被蚂蚁们抬着去流浪;
有的结成了果,摘一个,嗯,正是童年的味道。

目录

故事前面的故事……………………001
第一章　小熊白黑黑……………………006
第二章　阿汤大叔……………………042
第三章　木偶罗里……………………072
第四章　兔子阿德……………………096
故事后面的故事……………………130

小宇的秋天……………………133
麦垛房子……………………138
国王的爱好……………………143
世界上不能只有一个人走路…………150
树叶兔……………………155
木头城的歌声……………………162

故事前面的故事

很多年以前,我生活在一个叫做"慢吞吞"的城市,浪费了很多的时间。于是我决定搬到一个叫做"忙碌"的城市。

我每天都非常地忙,只有下雨天稍微空闲一些,我就去了图书馆,这个图书馆有一个很美丽的名字:蒲公英图书馆。我向这里的管理员要了一杯咖啡,一边喝咖啡一边看书。

没见过有咖啡喝的图书馆吧,它就坐落在"忙碌"市的中心,这里的咖啡和书本一样受人欢迎。

图书管理员名叫阿灿,是一位满头白发的老奶奶,穿着漂亮的花衣裳,那花纹是一片灿烂的蒲公英,轻轻的,长着白色绒毛的蒲公英种子在风里飞着,和她的白发一样轻盈。

在这个叫做"忙碌"的城市里,有这样的一个地方是多么好啊。

我看书的时候，进来了一个奇怪的家伙。看不清楚他的脸，他戴着口罩，穿着雨披，鞋子上有着厚厚的泥巴，还粘着树叶。我想：他一定是从很远的地方来的，因为整个城市里都没有这样的树叶。

他把雨衣脱了，雨衣里面还有大衣，然后，在门口脱了满是泥巴的鞋子，这才进了屋。

他要了一杯咖啡，来到我面前，问："可以让我坐下吗？"我腾出一块地方。

他说："最近我总是很困，听说咖啡可以提神。我有很多很多的事情要做，不能总想着睡觉。"

我说："哦，是的，在这个城市每个人都是忙忙碌碌的。"

他说："其实，这样很不好，但是有时候也没有办法，比如我现在就需要很多时间做很多事情，比如搭一间木屋、做蜂蜜、给远方的朋友写信。"

我想，这位朋友一定不住在城市里的，其实，自己搭一间木屋，自己养一群蜜蜂，空闲的时候给朋友写写信，这样的生活不挺快乐吗？

可是，他说："我没有时间去做完这些事情了，我已经开始瞌睡了。"

我说:"是的,我也瞌睡过。瞌睡是很难赶走的。"

他很高兴我也有类似他的经历,所以他接着说:"知道吗?古老的书里记载,有一种叫做瞌睡的虫。"

"不知道,我只知道甲壳虫、西瓜虫和放屁虫。"这些虫子的名字有一些好玩或者难听,所以我记住了,除此之外,我真的说不出别的虫子的名字了。

他就开始为我介绍起瞌睡虫来。

"它们不住在树洞里,也不住在地里,更不住在鸟类的羽毛里,它们就住在风里,真的,北风一刮,我就开始想睡觉了。"

哦,这些知识我一无所知。

接着我就继续看我的书,过了很久,当我站起来去拿书的时候,突然看见了他的脸,他的口罩已经拿掉了。天哪,我大吃一惊,这绝不是因为这张脸难看,而是因为这是一张狗熊的脸。

没有比在图书馆看见狗熊,更加让人觉得意外的了。但是我没有尖叫,只是悄悄对满头白发的阿灿说:"我看见这里来了一只熊。"

阿灿却用很响的声音说:"这没什么奇怪的,在这个城市里,熊常常到这里来看书,他很少到对面的

面包店去,可是,他在哪儿呢?"

"就在我的后面,他的鞋子上粘着一张野橡树的叶子,城里没有的。"我仍然压低了嗓门说话。

等我转身的时候,就发现,那只熊已经不在了。

阿灿看了看借书卡,哦,是一张树叶,野橡树叶子。

"哦,白黑黑,你又来过了,你总是这样,来来去去,像一阵风似的。"

她把目光投向窗外,看见那个穿着雨衣的身影从面包店经过,慢慢地远去了,直到变成了一个很小很小的黑点,消失在雨中。

我回到自己的座位上,看见狗熊留在桌上的书,这是一本关于"狗熊"的故事书。上面有一排红色的签名:白黑黑。这表明,这本故事书曾经是属于一个叫白黑黑的先生的,就是那位常常上图书馆看书的白黑黑先生的。

阿灿推了推眼镜说:"他是我的老朋友了,可他到我这里的时候常常都不打招呼,他喜欢独自住在森林的野橡树旁边。"

"哦,他有自己的小木屋,他还养了几箱蜜蜂。"我说。

"是的,也许,他现在也养蜜蜂了吗?他曾经在这个城市生活过,我们都爱他。"阿灿说。

哦,我真的开始喜欢这个叫做"忙碌"的城市了。除了忙碌让人觉得疲劳以外,这个城市其他的地方倒是挺有意思的。

我坐下来看白黑黑留下来的书。

书上记载的是一个老木偶的故事,但是,我们的这个故事却应该从遥远的森林讲起,从阿灿还是小姑娘的时候讲起,从森林里的大熊白黑黑还是小熊的时候讲起。

第一章 小熊白黑黑

1

　　白黑黑的爸爸是养蜂专家，一年中只在冬季才回到家里冬眠。因此，冬眠不仅是熊的生活中必需的，也是白黑黑一家最重要的时刻。

　　故事从森林里的小熊白黑黑一家讲起。

　　白黑黑的爸爸白先生，就是那只前掌特别厚实的老黑熊，他喜欢穿咖啡色的工装裤，还喜欢使用刷子把蜂箱刷干净，他是森林里著名的养蜂专家，一年中有三个季节都在外面放养蜜蜂。

　　如果你偶尔看见一头黑熊背着手走路，他的头顶或者身后嗡嗡地跟着一群蜜蜂，那就是白先生。

　　如果你曾经或者将来看见一种叫做"黑熊"牌的蜂蜜，那就是白先生和他的蜜蜂辛勤劳动的成果。你可以买一罐回去，闻闻，再尝尝吧，你会体会到白先生和他的蜜蜂所去过的地方是多么的遥远和美丽。

只有到了冬季，白先生才回到森林小木屋，和他的熊太太、熊孩子白黑黑一起冬眠。

他们的小木屋紧紧地靠着大树，木屋的后门通往树洞，冬眠的时候，他们选择树洞，因为那里又安静又温暖，并且散发着树木的香味。

白先生对黑黑说："古老的书上记载了一种叫做瞌睡的虫子，他让熊冬眠，可是，我不想冬眠，我有很多很多的事情需要去做。"

黑黑和他的妈妈很感谢瞌睡虫，如果没有瞌睡虫，他们不知道白先生会不会回家休息。

按照惯例，在冬眠前，熊的一家要饱餐一顿。

白太太在窗户或者门的缝隙里塞上玉米叶，不让风钻进他们的家。因为她确信瞌睡虫就生活在风里。

白太太喜欢穿粉红色的裙子，喜欢用刷子把家里的墙壁刷成粉红、浅粉红或者深粉红。她还喜欢做蜂蜜蛋糕。

当然，这一切都会在白先生回家以前完成。

瞧，白太太刚刚铺上粉红色的桌布，端出刚刚烘烤过的蜂蜜蛋糕、新鲜的胡萝卜以及烤熟的马铃薯。

白太太还把火炉升起来,点亮蜡烛,火焰闪烁的光芒和蜂蜜的香味充满了整个屋子。

这是熊在一年中,最最重要的一次晚餐。

看着满桌的食物,白太太感动地对黑黑说:"感谢你的爸爸吧,是他让我们天天都有蜂蜜。"

白先生说:"养蜂虽然不能成为大富翁,但足够我们全家填饱肚子了。所以,春天的时候,我想带黑黑去学习放养蜜蜂。"

白太太犹豫着,她轻轻地叹着气。白先生知道太太的想法。

几年前,他们曾经住在森林的另一棵大树下面,可是,等白先生回家冬眠的时候,他找不到原先的家了。在他出门的那些日日夜夜里,森林遭到了砍伐,他的妻子带着孩子搬到了附近的另一个地方。

为了让熊爸爸回家的时候能够找到新的家,白太太每天都走很远的路到原先的家附近等待白先生,原先的家已经变成了一个大大的食品加工厂,白太太每天都在工厂附近转悠,工厂的警察把她当成了可疑的动物盗贼。

白太太还自己动手搭木屋,扎篱笆,做木梯,再把它们都漆成粉红色。

直到白先生回到自己的新家，白太太劳累得病了。

灾难带给白黑黑一家担忧。他们害怕分别，害怕一家人分别之后再也无法相聚。

白先生不忍心再提带黑黑去放养蜜蜂的事情了，他耸耸肩膀，换了个轻松的话题，他说："说说瞌睡虫吧，它到底长什么样？我从没见过它，可是，我感觉它来了。"

白太太说："是的，我也感觉它来了。"

如果没有瞌睡虫的打扰，这将会是一次非常温馨的家庭聚会。

白先生的哈欠一个接着一个地来了，他摸摸儿子黑黑的头说："别怪我，儿子，瞌睡虫已经来找我了，等一下，我吃饱了就会去睡觉，你应该继续吃，你需要长个子。"

熊爸爸真的饿极了，他拼命地吃东西，然后钻进柔暖的被子里睡觉去了。

白先生会在5秒钟之内睡着，在外面放养蜂蜜的那些日日夜夜，白先生一定是累坏了。

一年中，黑黑和白太太听白先生说话的时间还比

不上听白先生打呼噜的时间长。

白太太送黑黑到单独的树洞卧室，她自己也很困很困了，她在闹钟上调好明年春天醒来的时间，然后放心地睡了。

整个冬天，熊的一家都会快乐地在一起，不管外面的风会刮得多大，也不管外面的天气会有多么寒冷。

他们的呼噜交响乐会一直响到明年春天，直到闹钟响起或者是热心的啄木鸟来啄他们的窗户。

2

白先生被"叮叮当当"的声音从睡梦中惊醒，他非常不安地写了一份留言，希望黑黑能在家里好好地保护妈妈。

春天的闹钟还没有响起来，啄木鸟也没有来啄他们的窗户，白黑黑还在温暖的床上冬眠。

屋子外面传来"叮叮当当"的声音。

白先生一个翻身从床上起来，看见他的太太正在厨房里做煎饼。

白太太总是在闹钟响之前醒过来,她说自己脑子里有一个生物钟,睡到一定的时候,会让她醒过来。每年春天都这样。

白太太突然听不见白先生打呼噜的声音,就停止了做煎饼。她举着锅铲一转身看见白先生已经站在她的身后,连忙声说:"亲爱的,闹钟还没有响呢。"

她不愿意白先生早早地醒过来。白先生醒过来,马上就会想到那群蜜蜂,他会说:"春天到了,我不能再把时间浪费在睡眠上。"然后马上收拾行李出发,白太太的等待就又要开始了。

白先生看了看外面,泥土湿漉漉的,还没有冒出绿草的影子。于是他奇怪地问:"是什么声音,把我从睡梦中吵醒了?"

白太太把煎饼装进盘子里,轻声说:"没事,亲爱的,我去看过了,他们是一群工人。"

"工人?"白先生开始恼火,"他们是来砍树的吗?把他们赶出去。"

白太太回答说:"不,他们没有砍树,他们只是在森林的边缘,他们说要在那里修一条铁路。"

白先生不高兴地说:"修铁路干什么?森林里从

来都没有铁路，大家一直都是这么生活的。"

白太太说："大家都是这么说的，可是，住在南面的兔子阿德不这样说，他说，他以前就见过铁路，铁路可以在很短的时间里把大家带到很远很远的地方，也可以用很短的时间把大家从很远很远的地方带回来。"

兔子阿德是三年前来到这里的。

阿德觉得自己是跑得最快的兔子，曾经生活在很美丽的胡萝卜村庄，他选择了不停地奔跑的生活，他到处流浪，像不知疲倦的奔驰车。

直到他来到森林，和树墩交了朋友，他突然就结束了奔跑的生活。

白黑黑非常崇拜他，喜欢听他讲流浪的故事，称他为阿德大叔。

白先生一直都觉得兔子阿德有些不可思议，难道他真的为了一个树墩，改变了流浪一生的想法？会不会是另有所图？另外，他也不相信铁路有阿德说的那样好。

他说："别相信兔子阿德，他整天和草呀树呀说话，真是个奇怪的家伙。砍伐森林给大家带来了一场灾难，这铺铁路会不会又是一场灾难呢?"白先生心里非常不安。

因为有了这种不安,白先生第一次没有着急出门,他得去森林边缘的工地上察看一下。

那些工人看见他的时候,递给他一支雪茄,白先生摇了摇头。

白先生提提工装裤的带子,大摇大摆地走过去说:"我是一只成年的熊,我的力气很大,足可以对付3个成年的人。"

其中一个工人说:"是的,先生,我们来这之前,阿汤先生就对我们说过,他让我们对动物要保持微笑,尤其是熊,我们不打算和您打架。"

另一个工人说:"我们有工作守则,不能破坏你们的生活环境,阿汤先生让我们发过誓的。"

白先生没有看见阿汤先生,但是他觉得这位阿汤先生一定是说话管用的头,既然他这样说了,那么,他也就不打算和他们过不去,他说:"那好吧,但愿你们尽快离开这里。"

回到家,白先生给儿子写一份留言。

留言是这样写的:

亲爱的黑黑:

知道爸爸为什么不坚持带你去放养蜜蜂吗?那是为了你的妈妈。你的妈妈是一位女士,这么多年,大部分的时间都是她独自把你带大,现在你已经长大了,你要留下来保护家园,保护你的妈妈。

至少等到明年,也许那时候,我不再需要外出养蜜蜂了,到那时,你也长得更加健壮了,你再出去闯荡吧。

爱你的爸爸

白先生写留言的时候,黑黑还在睡觉。

白太太已经出门去了,她在森林里寻找蘑菇或者木耳,采回家晒干,好让白先生带着路上吃。

3

阿汤先生是一位铁路工程师,他热爱动物,他和白黑黑讲起了忙碌城以及忙碌城里关于熊的书。

啄木鸟啄窗户的时候,黑黑才醒过来。

可是,醒过来做什么呢?白黑黑觉得自己无聊极了。树木一点一点地长高,白黑黑也一点一点地长大,生活却一直都没有改变,就像长在岩石上的苔藓,已经长到3岁了,却还紧紧地依偎在岩石的表面。

白黑黑是长得结实的小熊,他有着黑色光滑的毛,常常穿着紫色的小背心、棕色的裤子,背心和裤子上都有很多的口袋,他找东西的时候,总是把一个一个的口袋翻开来,露出各种颜色的里子。

他喜欢在肚子很饱的时候靠着树干看书,喜欢在草地上翻跟斗,当然,他还喜欢划水片以及喜欢吃蜂蜜。

他最受不了肚子"咕咕"叫,还受不了啄木鸟啄树木的声音。

森林里到处都散发着泥土的香味,阳光从树林的缝隙中投射下来。

工人们穿着黄色的背心,正在帐篷前议论着:

既然冬眠的动物都醒过来了,他们是否可以每天早一些就开始工作?

是否可以在工作的时候哼哼歌曲?

这样肯定可以轻松完成工作,可以提前完成工作,他们都很想自己的家了。

他们的手里拿着指南针、图纸、笔和一些看上去简单却不知道名字的仪器。

黑黑远远地抱着树干看他们,他们是谁?

他们中间有一位胖胖的先生,戴着灰色的礼帽,大家都围着他,非常尊敬地称呼他工程师阿汤先生。

阿汤先生看见了树后面的小熊了。他停止了说话,从人群中走出来。当他走近白黑黑的时候,他还脱下了灰色的礼帽,微笑着点了点头。

白黑黑也点点头,表示自己愿意更加接近阿汤一些。他抱了离阿汤更加近一些的树,他的心在"砰砰"地跳,这是他第一次非常非常近的和人接触。

几位工人也跟着阿汤先生走近白黑黑。

"好了,现在大家去工作吧。"阿汤先生把笔卡在耳朵后面,不转身,只是把右臂伸到后面,把图纸递给跟在身后的工人中的一位。

接着,他伸出有力的双臂作出拥抱的动作,微笑着向白黑黑走去:"是白黑黑吗?这里的朋友说您还在睡觉,我让大家动作轻一些的,可还是把你吵醒了。"

白黑黑没有走上去让阿汤先生拥抱,而是仍然抱

着树。

阿汤先生就停止了脚步,因为白黑黑和树抱在一起,阿汤先生也没有打算把熊和树一起拥抱。

白黑黑回答说:"不是吵醒的,是啄木鸟叫醒我的,每年这个时候,他都叫我。"

阿汤先生指着森林的南面说:"那最好,可以让我带你去那边吗?我想让你看看铁轨。"

白黑黑没有回答说可以,但是他跟了过去。在森林边上,他看见了铁轨,像长长的梯子平放在地面,一直通往远处望不到的地方。

白黑黑惊奇地说:"这不是一个长长的梯子吗?你们打算把它竖起来吗?它可以通到云里去吗?"

兔子阿德在铁轨上来回地走着,听见白黑黑这样说忍不住笑了。

白黑黑看见阿德,话就多起来了,他和阿德打招呼:"阿德,你为什么在这个梯子上来回地走啊?"

阿德是一只成年的兔子,曾经喜欢流浪,喜欢种胡萝卜,喜欢嚼草根,喜欢在走过的地方留下黑色的粪便,不过这已经是三年前的爱好了,现在他只保留了种胡萝卜和嚼草根的爱好。

他正穿着红靴子在铁轨上走着,发出"喀吧喀吧"的声音。

他没回答白黑黑,而是对阿汤叫起来:"听见了吗?他说你们造了一个梯子。"

阿汤先生对白黑黑的说法一点也不介意。他介意阿德来回地在铁轨上走动,他说:"那么兔子先生,你别天天到'梯子'上走啊,等'梯子',不,等铁轨完全铺好了,火车就可以开来了,你可以乘着火车到很远的地方去。"

阿德连忙说:"不,不,我只是来来回回地走走,我不想走远的。"

兔子阿德喜欢重复做一些事情:走过的路,阿德愿意来来回回走无数遍;说过的话,阿德喜欢说好几遍;种了胡萝卜以后,绝对不种红薯;吃过响铃铃草以后,阿德愿意一直吃响铃铃草。

重复使兔子阿德的生活变得简单。

阿汤先生也不阻止阿德来回走了。望着长长的铁轨,阿汤又像是对自己说,又像是对阿德和白黑黑说:"把铁路铺到森林里,是我从小的梦想。看吧,这里马上就会发生变化,会有更加多的人来到森林。"

兔子阿德说:"也会有更加多的人离开森林,离开自己的家,就像我当年一样。"

"是的。"阿汤先生想把帽子扣在阿德的头上,但是,他发现兔子的耳朵太长,帽子戴在上面只会像挂在树枝上,所以,他就转身把帽子扣到了黑黑的头上,黑黑戴上这顶帽子,看起来像成年的熊了。

白黑黑突然觉得自己长大了,他开始想遥远的地方,想森林以外的世界。

黑黑的爸爸只向黑黑描绘过蜜蜂庄园,他在那里把蜂蜜做成一个又一个罐头,贴上一个又一个标签,最后蜜蜂庄园的蜂蜜就成了人类商店里购买的商品。火车通往的地方一定是有商店的地方。

阿汤先生要去忙工作了。

他对黑黑说:"我有一本《熊为什么要冬眠》的书,希望将来有机会送给你,记住我的家,我住在忙碌城百狮子街9号。"

白黑黑觉得阿汤先生住的城市很特别,他问:"你们人类总是很忙吗?"

阿汤先生说:"也不全是,也有叫'慢吞吞'的城市,不过,我喜欢住在忙碌城,忙碌城住着很多热爱工作的人,他们一辈子和时间赛跑。"

白黑黑接着问:"您又要负责铺铁轨,又要看《熊为什么要冬眠》的书,所以您也是和时间赛跑的人,是吗?"

阿汤先生哈哈地笑了,伸出他的大拇指,他胖胖的身体很灵活地做了一个弯腰的动作,把这个大拇指一直送到黑黑的眼前:"你这样说也可以。因为除了铺铁轨,我还有一个重要的工作,就是做一个动物问题专家,这几年,我们人类开始关注动物,那些有关动物的书在我们忙碌城很畅销。"

忙碌城中类似《熊为什么要冬眠》的书还有:《蜗牛为什么要慢慢走》、《树懒为什么一动不动地挂在树上》、《乌龟为什么长寿》,等等。这些书用来劝导忙碌城的人放慢生活的节奏,不要忙忙碌碌地生活。

这些劝导对阿汤先生这样的人来说一点儿用都没有。

阿汤先生觉得《熊为什么要冬眠》的书送给白黑黑正合适,他说:"你应该读一读这样的书,了解自己很重要,你可以问问自己,你是谁?你能做什么?你需要什么?等等等等。"

如果按照阿汤先生的想法,这些书分别应该卖给熊、蜗牛、树懒和乌龟。

白黑黑望着阿汤先生和铁轨,想着铁轨通往的忙碌城,那是阿汤生活的城市,那会是一个怎样的地方呢?

4

阿汤先生和他的工人离开了森林,留下了长长的铁轨,铁轨把白黑黑的心带到了很远很远的忙碌城。

森林里开满了野花,那黄黄的花儿是蒲公英,像散落在黑夜里的星星一样灿烂,结成种子以后就变成一个个白色的绒球,风一吹,种子飘啊飘啊,飘过铁轨,飘向远方。蒲公英和长长的铁轨一样,能让人想起很遥远很遥远的地方。

铁轨已经完全铺好,黑黝黝的枕木一根接一根横向排列着通向远方。铁轨两边铺了很多卵石,路边竖起了警告牌:注意安全,请站在卵石区域外。

阿汤先生对工人们说:"经过了这样长的时间,

我们的图纸变成了真正的铁轨,我们的理想实现了。现在,我们要回去了,家里的孩子和妻子一定在等我们。"

事实上,阿汤自己并没有孩子和妻子,他是一个快乐的单身汉。

工人们拆去了搭在森林里的家,离开了生活了几个月的森林。热闹的森林变得安静起来。

一切都恢复到从前。白太太有时候把篱笆漆成粉红色,有时候就到森林里寻找榛子,更多的时间她会在家里编织草帽,在金色的帽檐上插粉红色的干花。

铁轨安静地穿过森林,它在那里等待着第一列到达森林的列车。

白黑黑的心里仍然在想阿汤和他的工人以及他们的城市,阿汤先生和工人们离开家在外面工作着,就和白黑黑的爸爸一样,他们是非常非常辛苦的。

白黑黑问兔子阿德:"阿德大叔,阿汤他们还会来这里吗?或者他们又到其他的地方去修铁轨了?"

阿德大叔满不在乎地说:"我从不考虑这方面的问题,有的人可能一辈子只待在一个地方,可能一辈子只做一件事情。"

白黑黑说:"比如我的妈妈,她一辈子只想待在家里,比如我的爸爸,他一辈子只养蜜蜂。"

阿德大叔点点头说:"是的,也有的人做两件事情,比如阿汤,他不光修铁路,还是研究动物的专家,而我呢,我原本喜欢流浪的生活,每天都不在一个地方,什么事情也不做,但是,现在我变了,因为我遇到了树墩,我必须在这里陪伴他、照顾他。"

流浪或留守在一个地方,兔子阿德的两个想法之间有多大的差距啊。

白黑黑就这样想着,想着阿汤和他的工人,想着他们生活的忙碌城正在热销的书,他突然觉得自己很喜欢阿汤,这个胖胖的工程师让他觉得生活中多出了很多很多东西。

日子一天一天地过去。眼看着8月份就要过去了。

8月31日,这是森林里值得记住的一天,一列火车"喀嚓喀嚓"开进了森林。

这是一列装载货物的火车。列车管理员是一位个子高高、身材瘦瘦的阿姨,她一只手拉住列车的扶杆,半个身体在车门外面,帽子下面露出的长发向身后飘着,像插在风里的旗。列车还没有完全停稳的时候她就跳了下来。

她和列车都是第一次到森林,所以她注意着铁路周围的环境,然后又跳上列车,再下车,来来回回很忙的样子,没有停下来的意思。

周围村子里的人开始向列车走过来,他们把自己种的土豆、玉米以及大豆搬上列车,他们的脸上都充满了微笑,看着自己种在森林边上的土豆、玉米和大豆要运到很远的地方去了,到他们都没有去过的城市,他们议论着:

"城里的人和我们吃一样的土豆、玉米和大豆。"

"听说他们把土豆叫马铃薯。"

"他们还以为玉米是爬藤植物,结在屋顶上或者树顶上的。"

不多会儿,女列车管理员又出现在站台上,她的脖子上多了一个哨子,手里多了一个记录牌,她开始不断地记录着装载到火车上的货物。如果有小猴、小熊或者小兔爬上列车,她就吹哨子,然后大声嚷起来:"下来下来,列车马上就会开了,知道这是去哪里吗?忙碌城,知道吗?很远,你们会迷路的。"

啊,真的是去忙碌城的列车?因为一直在想着忙

碌城,白黑黑竟然觉得忙碌城对他已经不陌生了。

一个大胆的想法让白黑黑的心"砰砰"地跳,他想要在火车发动之前爬上去。

他问阿德:"你去过城市吗?"

阿德正在锻炼身体,他一边弯腰踢腿一边回答:"我只是路过。在城市的喷泉上罐了一葫芦水,然后就继续赶路了。"

阿德的城市经历简单极了。

但是,白黑黑仍然问他:"如果在城市里,可以做怎样的工作呢?"

阿德想了想,说:"送报纸、搬运东西或者当保姆。"

白黑黑觉得自己有的是力气,可以去搬运东西。

去忙碌城,去那个土豆、玉米和大豆到达的地方,这已经成了白黑黑心里唯一的想法。他把自己积攒下来的树叶钱和贝壳钱清点了一遍,然后,放进上衣和裤子上大大小小的口袋里。

最后,他给妈妈写了一张留言。

留言是这样的:

亲爱的妈妈:

当您读着留言的时候,我已经登上了远去的

列车,您放心,我会回来的,列车可以把人带到远方再带回来。

您的白黑黑

留言就放在妈妈的枕边。

枕头下面压着的,还有爸爸写给黑黑的留言。白太太一直都没有把白先生给黑黑的留言拿出来,因为她觉得黑黑和他的爸爸一样,总有一天会离开家的,他应该去外面闯一闯。

白先生和白黑黑都走了,陪伴着白太太的是两张留言。

5

卷毛狗是生活在列车上的狗,他给白黑黑一份报纸,报纸上的猴子不知道是在倒立还是在举重?

白黑黑趴在火车的顶上,女列车管理员没有发现他。天还没亮,她就吹响了哨子,列车启动了。

白黑黑没有看见过列车上开火车的师傅,只看见女列车员。好像列车是听她指挥的,只要她哨子一响,

列车轮子就滚动起来了。

　　白黑黑睁大了眼睛,他只看见森林里晃动的树枝离他越来越远去。当他看累的时候,他开始看遥远的天空中闪烁的星星。

　　他看见一颗并不很亮的星星对着他眨眼睛。

　　他想:如果在遥远的城市,他遇到的第一个人对他友好地眨眨眼睛,那么他会友好地对待这个城市的每一个人;如果他遇到的是一个坏人,他也不是好惹的小熊。

　　天色渐渐明亮,火车完全沐浴在阳光下。白黑黑决定找一节车厢隐藏起来。车厢里全是玉米,白黑黑进了车厢就等于把自己埋进了玉米堆。

　　这时候,白黑黑的肚子开始"咕咕"地叫起来,这是熊最受不了的事情。

　　"如果你在这里还让自己饿肚子,那你就等于是个傻瓜。"一个声音从车厢底部发出,接着玉米堆动起来。

　　从玉米堆里钻出一只卷毛狗,弄不清楚他那些卷毛是白色的还是黄色的,他穿着工装裤,屁股后面有一个大大的口袋,口袋里插着一把刷子,裤腿上还粘

着一些颜料,看起来有一些不太爱卫生。

他对白黑黑眨了眨黑黝黝的眼睛,白黑黑认为卷毛狗就是他离开家乡后看见的第一位朋友,因为他眨眼睛的时候,和星星一样可爱。

白黑黑很快乐,虽然他不认识卷毛狗。他友好地对卷毛狗说:"谢谢你的提醒,朋友,不过,我还是做傻瓜好了,总之我不做小偷。"

卷毛狗说:"如果我去向列车员汇报你在这里,你一定会被赶下去的。"

白黑黑说:"那你呢,你也会被赶走。"

卷毛狗说:"我不会的,我是列车员的狗,这列车就是我的家。"

白黑黑觉得意外,他一直没有想过狗会生活在火车上。他更加想不到那位看起来可以指挥火车的女列车员还会拥有一条狗。

这时候,白黑黑听见女列车员的叫喊声:"卷毛,卷毛。"

卷毛说:"我得过去了,看在都是动物的份上,我不会出卖你的。"

一会儿,卷毛又"吧嗒、吧嗒"地溜达过来,把一张报纸塞到白黑黑的手里,他说:"看看吧,也许对你有用。"

白黑黑接过报纸,觉得卷毛真够朋友。

卷毛走了几步又回过来,问:"告诉我你的名字,我好记住你。"

白黑黑说:"我叫白黑黑,我也会记住你的,卷毛。"

卷毛一个劲晃耳朵:"不要不要,千万别记住我,最好把我忘记。"

列车到达忙碌城的时候,光线已经很暗,白黑黑看了看站台上的钟,是傍晚6点。

站台上贴着一些广告,大部分是补充营养的食品,广告词有:和时间赛跑,你需要它的帮助。

有一条不是食品的广告让白黑黑注意,广告词是:身体需要休息,忙碌的心需要休息,这里有不用花钱的咖啡,不用动脑筋的书。落款是蒲公英图书馆。

真有意思,图书馆会有咖啡,还不用花钱?读书也不用动脑筋?听起来像是骗人的把戏。

女列车员收拾好自己的行李,叫上狗下了列车。

卷毛狗刚下列车就奔向路边,抬起一条后腿舒舒服服地撒了一泡尿,然后跟着女列车员一起消失在街

道的拐角处。

望着卷毛晃动着远去的背影,白黑黑暗暗把卷毛当成他进城市遇到的第一个朋友,他会记住他的。

天色还没有完全暗下来,街道上已经陆陆续续亮起了灯,没有完全黑的天色和暗淡的灯光交错地映照着城市的道路和房屋,行人显得有些匆忙。

白黑黑跟着行人走了一段,突然停了下来,他对自己说:"真奇怪,我这是要去哪?"在这个陌生的城市,他没有了目标。

犹豫很长时间以后,他选择在街头的一张石凳上坐下来,然后借着路灯开始看卷毛送给他的报纸。

这是一张演出用的海报,刊登了"大惊小怪"马戏团的演出时间和演出地点,以及他们演出时的照片。

照片上有两只猴子,是马戏团当前最红的猴子丢三和拉四,一只像是倒立着,而另一只像在表演举重,照片下面有这样一行字:如果把报纸倒过来看,你会发现什么?

白黑黑立刻就把报纸倒过来看了。哦,刚才那只表演举重的猴子看上去在表演倒立,而表演倒立的猴子像是在表演举重了。

真是一张有意思的报纸。

索性,白黑黑把报纸铺到草地上,然后,就趴在那里看这张报纸,在第三版的右下角,白黑黑找到了去马戏团的路线图。

他决定按照路线图去寻找马戏团,他觉得自己也可以去表演举重。

6

白黑黑自动把自己送进了马戏团,马戏团的主人是一个怪怪的矮老头,那个火车上的卷毛居然就是替他刷广告的伙计。

白黑黑穿过好几条街道,一直走到城市的中心,看见一个圆形屋顶的房子,像一个巨大的蛋摆放在城市的中央,房子四周飘着彩色的三角形旗。

走近一些,白黑黑立刻就看见了一个巨幅的广告,上面画的正是猴子丢三和拉四表演的倒立和举重。

白黑黑在剧院前面的空地上整理一下自己的衣

服，他这才注意到自己穿着紫色的小马甲和咖啡色的裤子，在小马甲的背后，有一个大大的口袋，他把马甲脱下来，从背后的大口袋里拿出一顶黑色的帽子，这是阿汤先生送给他的，他把帽子戴在头上，这回他感觉自己像一个明星了。

他走向剧院。

剧院的玻璃门不停地旋转着，白黑黑抓住门转到他身边的机会，一下子冲了进去，然后，他跟着门的旋转一直转一直转，他想寻找门的出口，一直转了7圈，他终于冲了出去。

他冲进剧院的时候，看见一个黄色的身影从另一侧的旋转门中间出去了，那样子有些像卷毛。

他正在想这些的时候，空旷的屋子里响起三下清脆的掌声，在空旷的大厅里，掌声发出回音，变得特别响亮。

白黑黑的面前站着刚才拍掌的老头。

这是一个很矮的老头，头发卷卷地贴在耳朵后面的头皮上，额头很亮很亮，他的鼻子有些像啄木鸟的嘴巴，看上去很硬，瘦瘦的身上穿着宽大的袍子，鞋子很大，和他细长的腿配在一起，看上去有些怪怪的。

他挡住了白黑黑的路。

"别乱窜,森林里来的熊。"老头的声音很有节奏,说话的时候头一点一点,像森林里的啄木鸟一下一下地啄着树干。

白黑黑连忙说:"对不起,老爷爷。"

老头不喜欢别人称呼他老爷爷,他仍然有节奏地说:"记住,叫罗里先生。这里的所有成员都这样称呼我。"

白黑黑记住了这个称呼,他说:"罗里先生,我是来……"

没等白黑黑说完,罗里就打断了他:"我知道你会来的,欢迎你加入剧团。跟我来吧。"

这罗里先生怎么知道他会来?他绝不是平凡的人,他一定就是这里的头儿。

白黑黑乖乖地跟着罗里一直走,因为他原先打算做搬运工人,现在觉得表演举重可能更适合他,他很在乎这个工作。

他们走过了像迷宫一样弯弯曲曲的长廊,到了一个中间是空地、四周都是观众席的地方。

这是马戏团的训练场,场地上灯火通明。

猴子正在骑自行车；

大象吹着口琴；

狮子正四脚朝天滚彩球；

……

罗里拍拍手，大家马上就停止了动作。他们看见白黑黑的时候，都发出"哦"的声音。

罗里说："你想想，你能表演什么？"

白黑黑把包裹放下来，走到场地中间，举起两个哑铃，就像是举着电影里的泡沫做的道具哑铃，丝毫都不觉得有分量。他说："这太轻了，要知道，我的力气超过三个成年的男人。"这哑铃是广告上的猴子明星用的。

罗里很满意白黑黑的表演，引导说："很好，还能表演什么？"

"还能划水片。"

"这没用，说一些这里有用的。"

白黑黑不说，他一连翻了十几个跟斗。

罗里笑起来，尖鼻子歪在一边，他对猴子说："丢三、拉四，今天晚上的举重就改成熊的节目，好了，带他去准备，演出马上就开始。"

"他马上就上台演出吗?"猴子丢三怀疑听错了。

拉四说:"那我们俩今晚表演什么?"

罗里已经快走出训练场地,他也不转身,只冲背后挥挥手,啄木鸟一样的声音从脑门后传出来:"你们就表演骑自行车,对了,先骑三轮的,接着骑两轮的,最后就骑独轮的。"罗里说完就出了训练场的门。

丢三、拉四显得有些紧张,只听见罗里那"嘚嘚"的脚步声越来越远了,丢三才急着问:"可以不骑独轮的吗?"

罗里的声音好像拐了弯从门里飘进来,说:"当然不可以。"

猴子丢三、拉四非常沮丧,等确认罗里真的走远了,他们对白黑黑说:"你会后悔到这里来的。"

白黑黑经过火车的颠簸,已经非常疲倦,但是他想,忙碌城本来就是一个忙忙碌碌的地方,他应该按照这里的规矩生活。并且这是他进入忙碌城的第一次演出,他一定要努力演好。

剧院外面,前来观看演出的观众陆陆续续地来了。

在大幅广告下面,卷毛正拿着大得像扫帚一样的刷子刷去原先画有两只猴子的广告,他得完成新的明

星大熊白黑黑的演出海报。

卷毛干这一行已经有五年了。

7

白黑黑想去看望百狮子街的阿汤先生,他去询问路线的时候,老罗里对他唱起了古老的魔法歌剧。

演出顺利地进行了 7 天,因为有新的演员新的节目,每一场都有很多观众观看。

白黑黑已经成了忙碌城的举重明星。

猴子丢三和拉四每天都提心吊胆地表演着骑独轮车。

大象班班吹奏口琴,让人听了想上厕所。

狮子毛毛滚绣球,绣球转得飞快,让人看了头晕。

演出结束,大家都默默无闻,各自回到自己的家。

他们全都住在马戏团后面的帐篷里,这里非常简陋,没有任何围墙或者栏杆,动物们本来是可以从这里轻易地跑出去的,可是,很奇怪,这些动物中没有哪一个想过要离开这里的,大家在这里有规律地生活着。

丢三和拉四每天都给对方抓头皮 5 分钟。

班班的家里还有他的太太,他们每天都会在帐篷外面相互用鼻子冲淋浴。

狮子毛毛家里还有狮子太太和小狮子,每天晚上,狮子太太总是不停地编织背心,狮子毛毛去演出的时候,是用背躺在地上的,所以,拥有一件厚实的背心是最最重要的。

只有白黑黑,他突然在第7天的时候想离开帐篷,他想去看望城里的阿汤先生。

他问丢三和拉四:"百狮子街怎么走?"

丢三说:"别问我们,我们根本就不认识路,如果不是我们丢三拉四不长记性,我们也不会到这里来表演什么马戏。"

拉四说:"百狮子街吗?你应该去问问狮子。"

白黑黑真的去问狮子,狮子说:"我怀疑根本就没有这个地名,一切都是骗局,我只知道这里有3只狮子,没有看见过第4只。"

大象班班说:"别问我们,我们什么也不知道,我们只知道自己是这里的演员。"

白黑黑决定去问罗里。

罗里住在剧院东面的木屋里。这间木屋已经非常

陈旧，斑驳的树皮上还长了一些青苔，屋顶有几棵瓦楞草，门框旁边还有几个黑黑的木耳。整个屋子和周围的环境极不相称，像是被一阵风吹来的，因为这样的房子应该在森林里才有。

罗里会在做什么？他是在休息吗？还是在清点演出得来的钱？

一切都出乎意料，罗里正在屋子里看着乐谱练嗓子，但是他只发出了很轻的"哦"的声音，像鹿的叫声。

白黑黑敲木屋的门，老罗里停止了练唱，非常生气地说："我早就告诉过你们，不要在这个时候打扰我。"

门突然打开了，老罗里的尖鼻子几乎就碰到了白黑黑的脸上。

白黑黑赶紧说："对不起，我很快就会走的，我想问百狮子大街9号怎么走？"

"百狮子大街9号？谁告诉你这个地址的？"老罗里惊奇的样子好像整个世界上只有他才会知道这个地名。

但是他马上摇着头，说："没有这个地方，就算是有，一定住着一百头狮子，哦，不，也许是住着更加可怕的家伙。"

白黑黑说:"那是阿汤先生住的地方,他让我去找他,并且要送书给我。"

罗里沉默了很久。然后,他说:"你真是麻烦,哦,那个阿汤真是麻烦。不管怎样,还是先听我唱首歌吧,哦,不,只唱一句。"

白黑黑没有心思听歌,但老罗里是一定要唱的。

老罗里的歌是很多很多年以前,他从森林里一只黑色的鸟那里学来的,那黑色的鸟据说是一只白头翁。罗里唱的是古老歌剧中最高音的部分,这样的音高原本只有鸟儿可以唱,但是,老罗里愿意以唱哑嗓子为代价来练习。

现在又到了非得演唱高音乐谱的时候了,这高音乐谱,老罗里对狮子毛毛一家唱过,对大象班班一家唱过,即使是对猴子丢三和拉四这样没有记性的弟兄俩也唱过。

老罗里沙哑的喉咙根部突然发出了尖利的声音,这声音让白黑黑忘记了百狮子街,忘记了曾经生活过的森林。

第二章 阿汤大叔

8

白黑黑因为钻火圈的新节目让阿汤先生万分担心,阿汤先生把动物看成是人类最最亲密的朋友。

白黑黑忘记了过去,他比大象班班、狮子毛毛、猴子丢三和拉四更加孤独,他们都有自己的太太或者兄弟,而他是独自一个。

像一根飘浮在空气中的羽毛,他觉得自己没有了方向。

他开始和大象班班、狮子毛毛一样变得有些沉默,只有猴子丢三和拉四常常为独轮车和老罗里纠缠,他俩实在恐惧骑独轮车。

不过,老罗里说:"马戏团不是动物园,动物园的动物只需要站在笼子里面就可以得到食物,这里不是,如果没有精彩的节目,没有人愿意看我们的演出,

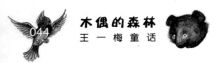

大家都等着饿死。"

可是,丢三和拉四骑独轮车的演出常常出现差错。

狮子滚绣球的时候没有一点儿激情,罗里说:"瞧瞧他躺在地上的样子,就像是搬着粪球的屎壳郎。"

班班吹奏的口琴曲越来越急促,让听众想上厕所。

观众开始不满意,对白黑黑表演举重的节目也渐渐失去了兴趣。

老罗里开始发愁,他背着手,不断地在木屋里转圈,如果没有精彩的节目,少了票房的收入,他拿什么来喂养大象、狮子、猴子和熊……

他抓着他耳边剩下的头发计算着:

大象夫妇:每天需要4捆干草,2串香蕉,10桶水;

狮子一家:每天需要30公斤肉,15个苹果和6桶水;

猴子兄弟:每天需要6公斤猕猴桃,10颗糖果和2桶水;

熊:每天需要20个面包,……

哦,这一切都必须依靠演出获得。

他痛苦地说:"要不,让他们回家,让他们回森林,回高山?哦,不,这是我多年的心血,我不能独自在这个地方生活，我要他们一起生活在城市里，我需要他们，需要更多的动物到城市里来。我需要成功。"

罗里感觉自己没有退路，他必须想出新的节目，让演出更加红火。在没有观众的时候，他把舞台灯光打开，幕拉起，他一会儿坐在观众席上，一会儿又跳到舞台上。

终于他把眼光集中到舞台道具——火圈上面。

那熊熊燃烧的火圈一定能点燃观众的兴趣，那一定会是精彩无比的节目。

"马上排练。"罗里招来了所有的动物演员。

猴子丢三和拉四说："我们还是骑独轮车好了。"

大象班班说："我的鼻子最近对烟过敏，万一在舞台上过敏了，我会打喷嚏的，我的喷嚏会把舞台上的道具打飞。"

狮子毛毛说："我本来不想让大家知道我大狮子是个胆小鬼，可是，现在到了不得不说的时候了，我真的是个胆小鬼。"

"废物，你们是一群废物。"罗里对着猴子、大象和狮子吼叫。

白黑黑觉得自己没有退路，他对火并不感到恐惧。

"我本来只会划水片和翻跟斗的,不过,我愿意试试。"他对盯住他,看起来又有些像是求他的罗里说。

白黑黑的身体比较大,并且他黑黑的毛长得很密很长,钻火圈的时候,必须躲避燃烧的大火,尤其是耳朵后面的毛很容易被火苗燃着,因此,白黑黑戴上了阿汤先生送给他的帽子。

白黑黑在第二十次试跳的时候成功了。新的节目就这样定下来了。

卷毛开始在剧院和剧院以外的地方刷新的演出海报。图片上一个熊熊燃烧的火圈,一只戴着帽子的黑熊从火圈中一跃而过。

罗里马戏团的门口聚集了越来越多的人群,大家都被新的节目吸引。

在人群中,有一位耳朵上夹了一支笔的人焦急地等待着入场,他就是阿汤先生,他认出海报上的帽子就是他送给白黑黑的。

大家已经在森林里认识过这位阿汤先生,他不仅仅是修建铁路的工程师,他还是一位动物问题专家,他关心动物胜过关心铁路。

在城市里的时候,他主要的时间都用在动物问题上。他说:"动物是我们人类的朋友,他们和我们一样拥有地球。"

在阿汤的家里,你可以看见两张地图,一张是铁路分布图,另一张是城市动物分布图。

即使是忙碌市的市长大人也不会比阿汤更加熟悉忙碌市的情况,因为忙碌市的市长只关心人,而忽略了生活在人群中的动物。

事实上,城市里生活着很多的动物,这个数字阿汤每年向市长汇报,市长从没看过。

阿汤尽可能地关心这个城市所有动物成员的生活情况。

比如:在百狮子街2号,生活着一条狗,这家的主人在门牌上挂着:内有恶犬,请勿进入。阿汤先生知道以后,就去拜访了这条恶犬,发现他只是有一次咬过一个小偷而已,他是为了保护主人的财产,他为这条狗起名阿旺。现在,这家的主人在门上挂着:凡登门者请先和狗狗阿旺打个招呼。

再有在芳香路782号,也就是8楼上,住着一位小姑娘,她养了两只鸭子,这两只鸭子一直都住在楼上,有一天,鸭子跟着小姑娘下了电梯,走在马路上,

鸭子并不知道自己还可以去河里游泳。阿汤先生劝小姑娘带鸭子去公园的池塘，阿汤先生对小姑娘说："记住，游泳是鸭子的权利，你必须要让他们得到鸭子应该得到的生活乐趣，这样才是爱他们。"小姑娘同意阿汤说的，她真的带着鸭子去了公园的池塘，鸭子欢乐地拍打着水面，小姑娘快乐地哭了。

在城市里，动物最最集中的地方是马戏团和动物园。

对于马戏团，阿汤先生一直都觉得是个很不错的地方，这里让动物们发挥自己的特长。

而动物园就不同了，这里的动物被关在笼子里，阿汤先生多次在报刊和电视里公开建议城市里取消动物园，他说："让动物生活在我们周围，或者把他们放回森林、大山，而不是把他们关进铁笼。"

因此，阿汤先生成了动物最亲近的人，大家都叫他阿汤大叔。

阿汤先生担心白黑黑的安全，他决定去找马戏团的主人罗里,一年前,他们曾经有过一次见面。

白黑黑的演出非常成功,他顺利地钻过了火圈。

观众席上掌声响起来,罗里在后台笑出了声,他得意地打了一个响指,发出了并不响亮的"咔"的声音,他很满意地对自己说:"我又成功了,又成功了,又成功了,又成功了,成功了,成功了……"他仿佛看见数不完的金币正向他滚过来。

在欢呼的观众中,有一个人一直都没有笑过,他就是阿汤先生,他自言自语地说:"如果不小心,帽子会着火的。"阿汤先生的自言自语被掌声掩盖,没有人会听见阿汤的担忧。

当然,阿汤先生担心的不是那顶本来属于他的帽子,他在担心白黑黑。

他想:白黑黑一定是因为森林里铺了铁轨,通了火车,才乘坐着火车来到这里的,说不定原本就是来找他的,这原本是多么好的事情啊。但是,如果他们到了城市里,人们没有保护他们,而是伤害了他们,那么,城市对于他们来说,是不安全的,把他们带进不安全的地方,那阿汤就会觉得自己错了。

阿汤马上就要去找马戏团的主人罗里,让他取消这个节目。

阿汤先生认识罗里。

他很早听说马戏团的罗里是一个又小气又穷的老头,传说想让他掏钱,等于是在铁公鸡身上拔毛。

可是,当罗里知道阿汤要带着工人进森林修建铁路以后,他拿着钱来到了百狮子街9号。

那是一个阳光明媚的下午。

阿汤先生正在屋子里看报,忙碌城的报上刊登着一则消息,大致意思是:忙碌城准备修建通往森林的铁路,希望大家捐款。

罗里像啄木鸟嘴巴一样尖的鼻子出现在阿汤家的玻璃门上。

他对阿汤先生说:"别大惊小怪的,您不可以拒绝我,因为您不能拒绝我的钱。"

阿汤先生当然不能拒绝这笔钱,忙碌市的市长正在忙忙碌碌地筹集修路的钱。

阿汤马上就打开玻璃门。

阳光斜斜地照射在阿汤家的院子里,阿汤在午后的阳光下看罗里,他注意到罗里的衣服已经破旧,他手里捧着的钱罐也已经褪色,不过没有铁锈,甚至有些发亮,表明主人拥有它已经有很多年了,并且常常要去抚摩它。

这样的钱罐里能有多少钱呢?

不过,阿汤先生觉得不管别人捐多少都代表着别人的心愿,他郑重地接过褪了色的钱罐,说:"进来坐吧,说说为什么愿意为铁路捐款。"

罗里进了屋但不肯坐下,说:"不为什么,我只想请求您为我保密,不要让别人知道我捐了多少钱,我不想成为别人议论的话题。"

阿汤先生递一杯咖啡给罗里,说:"我会保密的。"

罗里不喝阿汤递过来的咖啡,他也不打算久留,说:"咖啡太苦了,喝到肚子里,肚子里也是苦的,我必须要回去了。"

罗里走了以后,阿汤先生砸碎了钱罐,他看见里面除了硬币以外,还有一张巨额支票,这笔钱足够修建一条通往森林的铁路。

这让阿汤先生大吃一惊,他才知道罗里请求他保密的原因不是因为捐的钱太少怕被别人笑话,而是因为他捐的钱实在是太多太多了。

阿汤先生遵守自己的诺言，只对市长说有一位富翁捐献了这笔修铁路的钱。谁也不会想到这是看上去像穷人一样的铁公鸡罗里做的好事。

罗里正在后台看表演，每次演出，他都趴在后台观看，他的身体躬着，屁股抬得高高的，旧燕尾服长长地拖在翘起的屁股后面，尖尖的鼻子伸到最前面，活像一只老啄木鸟。

阿汤先生就在后台找到了罗里，从背影看，一年多不见，罗里好像又老了一些。

阿汤蹲下来拍拍他的肩膀。罗里头也不回，不耐烦地说："我说过了，不要在这个时候吵我。"

罗里在两个时间是不能被打扰的，一个时间是练歌剧的时候，另一时间就是观看演出的时候。

阿汤并不知道，继续拍他的肩膀。

罗里更加生气，他开始骂人："如果你再打扰我，我发誓你将得到我的拳头。"他的拳头已经捏得"嘎嘎"响了，像木头的椅子即将粉碎之前的声音。

阿汤不再打扰他，他趴下来，和罗里一起观看演出，他的样子像一只肥胖的蛤蟆。

10

阿汤先生的介入不能取消白黑黑的演出,罗里的冷漠让阿汤先生异常担忧,他不知道罗里究竟是一个怎样的人物。

一直到演出结束,罗里才回过头看见了阿汤。

他并不惊奇阿汤出现在他的面前,"你是为了白黑黑来的,是吗?你认识他。"

阿汤说:"当然,他头上戴着的帽子就是我送给他的。"

"哦,你还要送书给他?"罗里说,"如果可以,我转交给他好了。"

阿汤说:"不,这次我是来找你的。"

罗里说:"我们之间有约定的,你要为我保守秘密。"

"当然,我不会忘记约定。"阿汤轻声地说完这句话,马上就改成用响亮的声音说:"我是想来告诉你,你不能继续让动物表演钻火圈的节目了,看看白黑黑钻火圈的样子,我真担心着火。"

罗里说:"别大惊小怪的,不表演钻火圈?那怎么行?我的大象拿什么洗澡?我的狮子也不能饿死。"

阿汤坚持说:"你必须取消这样的演出,我看见火好像马上就烧到帽子上了。难道除了用危险来吸引观众,你就不能想一些新的节目?"

罗里原地转了一圈,然后用缓慢的声音说:"哦,我知道了,你一定是担心你的帽子被烤焦了,如果你想拿回你的帽子,我可以让白黑黑还给你。"

阿汤说:"你知道的,我不是为了帽子来的,你应该明白这一点的。"

罗里仍然慢吞吞地说:"不,我不明白,我一点也不明白,我只知道这是一个吸引观众的节目。"

阿汤绝望了,他不能和罗里无休止地纠缠下去。

他无可奈何地说:"好吧,我们先不讨论这个话题,让我见见那孩子,他是因为我的劝告才来到这个城市的,我要对他说几句话。"

罗里说:"随便你,这孩子不会认识你的。"

阿汤不相信罗里说的,他认识的白黑黑是聪明的小熊,他一定不会这样快就忘记他。

他找到白黑黑,白黑黑正在用纸巾擦他的眼睛。

阿汤说:"轻一些,孩子,熊的视力本来就不怎么样,保护眼睛是最重要的。"

白黑黑看看阿汤,他看阿汤的眼神已经告诉阿汤,白黑黑一点也不认识他了。果然,白黑黑问:"您是观众吗?"

阿汤说:"就算是吧,我刚才的确看过你的表演了。"

白黑黑说:"哦,太谢谢您了,先生,请您别担心我,我只是钻火圈的时候被烟熏了一下。"

阿汤说:"别再表演这个节目了,如果你妈妈知道了,她一定会不舍得你这样的。"

"我的妈妈?"白黑黑奇怪地看着阿汤,"我从没想过我有妈妈。"

阿汤怔了一下,继续说:"谁没有妈妈呢?你当然也有妈妈,她住在森林里,冬天的时候,你的爸爸要回家和你们一起冬眠。"

阿汤用淡淡的哀伤的语调说起冬眠的事,希望白黑黑可以想起他冬眠的森林。

白黑黑愣住了,是啊,谁会没有妈妈呢?可是,他的回忆是一片空白,除了"大惊小怪"马戏团发生

的事情，他什么也记不起来。

为了鼓励他想起往事，阿汤先生看着他的眼睛，非常焦急非常认真地提醒他：妈妈？爸爸？森林？

可是，关于这三个词汇，在白黑黑的记忆里连一点点的碎片也找不到。这时候，他打了个哈欠，说："冬眠？我觉得最近有些困，想睡觉。"

阿汤听白黑黑说起冬眠，惊喜地说："是的，孩子，你需要冬眠，我说过我要送给你一本书的，书名是《熊为什么要冬眠》，你看了书就知道熊为什么需要冬眠了。"

"可是，我不认识你，我也不知道要到哪里去冬眠。"

"树洞，孩子，你必须返回森林，回到树洞里去。"

"我以前冬眠过吗？"

"当然，你是不能抵抗瞌睡虫的，他们生活在风里。"

"那我应该现在就走？"白黑黑说完就准备出门。

阿汤看见白黑黑愿意跟着他去冬眠，有些兴奋了，他连忙说："是的，你应该去乘列车，列车把你从遥远的地方带来，还能把你送回遥远的地方。"

他们的谈话还没有结束,罗里不知道从哪里冒出来,他发怒地吼着:"够了,阿汤,这是我的地方,请你离开这里。"

阿汤也用很愤怒的声音大声地回答:"你不能这样做,你会害死白黑黑的,他在表演的时候有可能会打瞌睡。"

罗里根本就不理会阿汤,他嘶哑着声音说:"如果你再不离开,我就让大象把你卷出去,不,我忍不住想唱歌剧了,我还没有对人唱过。"

阿汤非常悲伤,他突然觉得罗里不是人们所想象的那个小气的丑老头。绝对不是,他是一个怎样的人呢?

他想起森林里的白太太,可怜的熊妈妈一定在等待着丈夫从遥远的地方回来,等待着第一次出门的儿子平安地回家。

他觉得自己有责任把白黑黑带回森林。

可是这时候,白黑黑转回身来,说:"对不起,先生,我不认识你,我哪里都不会去的。"

罗里得意地说:"听见没有,汤先生,他不愿意跟你去,请你离开这里吧。"

阿汤想不出任何办法带走白黑黑,他总不能硬把白黑黑拖出剧院,再硬把他带上火车。

他对罗里说:"作为一个人,你要对自己做的事情负责,我还会回来找你的。"阿汤说完气愤地离开了马戏团。

罗里在阿汤离开以后,对着阿汤的背影说:"你是个傻瓜,很久以前,我就知道人不用对自己做的事情负责,我也一样,我不会负责,不用负责。"

11

演出越来越精彩,白黑黑却越来越瞌睡,不幸的事情发生了,大火烧坏了白黑黑的帽子和黑色的毛,白黑黑成了很丑很丑的熊。

卷毛刷海报的任务越来越重,因为演出的节目一直在变化着。

前3天,海报上只画了一个火圈,白黑黑演出的时候,只钻一个火圈。

到了第4天,罗里说,应该多加一个火圈,这样,

白黑黑在钻过一个火圈之后要接着再钻第二个火圈，卷毛就要在海报上多画一个火圈。

到了第5天，罗里说，应该再多加一个火圈，这样，白黑黑就需要连续钻三个火圈。

卷毛每天刷海报，从火车站一直刷到剧院门口，刷一遍大概需要一整天，刚刚刷好，又要加火圈，就又要用一整天时间再刷一遍。

卷毛开始不耐烦，嘀咕着："早知道，我就不把这头熊引到这里，他来了以后，我就天天刷海报，真是倒霉。"

可是，卷毛这种累算什么？卷毛又没有危险，他也不瞌睡。

白黑黑就不同了，他常常在演出的时候打哈欠。

罗里也开始有些担心，他想起阿汤跟他的争吵，阿汤说他会害死白黑黑，真的这样严重吗？

他对白黑黑说："你有着棒棒的身体，所以你一定要坚持，千万不能在演出的时候打瞌睡。"

罗里让白黑黑坚持的理由是：不能损失每天演出所得到的门票钱。

坚持的方法是：每天喝5杯咖啡，不加糖也不加奶，越苦越好。

坚持的期限是：再演出10天，每天早、中、晚各演出1场，一共30场（听起来有些吓人哦）。

天气越来越冷，白黑黑越来越感觉自己像风中的羽毛，不知道何处能着陆。他开始感觉钻火圈的艰难，虽然他的身体很好，但是仍然抵挡不住瞌睡虫的袭击。

在第4次演出的时候，白黑黑瞌睡得特别厉害，尽管他使出浑身的劲一跃而起，身体还是碰到了燃烧的火焰。熊熊的大火烧焦了白黑黑身上的毛，也烧毁了阿汤送的那顶帽子。

好在大象班班和他的太太及时赶到，他们用长鼻子喷水浇灭了火焰。

这场演出罗里没有什么损失，观众还以为着火是"大惊小怪"马戏团特意安排的一个新节目，他们给这次演出最热烈的掌声。

白黑黑变得难看极了。他的心里非常悲伤，他不明白：在他痛苦的时候，为什么有这么多的人在鼓掌？

大象劝导白黑黑说："没有什么不明白的，他们不会真正关心动物，他们只知道自己快乐。"作为动物，大象首先表示了对动物的关怀，他送给白黑黑一

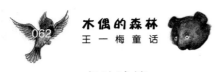

条沙滩裤。

狮子太太把送给狮子先生的背心送给罗里,用来挡住他烧焦的毛,狮子的毛衣穿在白黑黑身上,看起来非常地大,好像是衣架上挂了马甲袋。

丢三和拉四也把自己的西瓜皮帽子送给了白黑黑。

现在白黑黑变成了奇奇怪怪的熊了。

罗里并不悲哀,说:"别紧张,别紧张,只是烧掉了一些毛毛,没有什么大惊小怪的。"他觉得这次火烧黑熊事件让白黑黑成了更加受欢迎的明星,剩下的演出场面会更加火爆。

罗里对自己说:"千万不能放过这次发财的机会。"

罗里对白黑黑说:"千万不要放弃这次成功的机会。"

卷毛又开始刷海报,忙碌城的演出海报上出现了一个小丑白黑黑,他穿着大象的沙滩裤、狮子的背心、猴子的西瓜皮帽子。

海报刚刚刷好,忙碌城的人们就蜂拥着来到马戏团,他们说:"我们忙忙碌碌地工作着,太需要放松了,我们喜欢小丑白黑黑。"

人们平淡生活着的时候,希望看见惊险的节目,人们忙碌着的时候,他们又开始拒绝惊险而选择快乐,所以,小丑得到了人们的一致欢迎。

当白黑黑伸着懒腰出现在舞台上的时候,人们快乐地叫着,白黑黑只需要连续打几个滚,人们就把鲜花扔到他的身上。

当他在舞台上睡着的时候,罗里就特意把扩音话筒放在白黑黑的面前,演出在白黑黑的超级呼噜中结束,人们也将笑着进入睡眠。

白黑黑成了忙碌城有名的小丑演员。有时候,他对自己成了小丑感到悲哀,有时候,他也为自己能带给别人欢笑感到幸福。

12

阿汤决定去图书馆寻找破解魔法的秘密,他来到了忙碌城的图书馆,在图书馆的地下室,他找到了一本日记。

在白黑黑演出的日子里,阿汤没有继续来观看,

他把自己关进了忙碌城的蒲公英图书馆，他希望在这里查阅到关于罗里的记录。

在忙碌城，没有人想过马戏团的罗里究竟是从哪里来的，他出生于哪一年？他的父亲、母亲是谁？忙碌城的人都忙忙碌碌地忙自己的事，很少会对别人的事情感兴趣。

罗里突然出现在大家面前的时候，是一位牵着猴子丢三和拉四在街头表演的流浪艺人。

现在，罗里已经控制了十多位动物演员，如果他是一位危险人物，那么，白黑黑的命运令人担忧，马戏团所有动物的命运全都令人担忧。

阿汤认为，要想知道罗里究竟是个怎样的人物，就必须要弄清楚他来忙碌城以前的所有经历。

阿汤决定把自己关在忙碌城的蒲公英图书馆里。蒲公英图书馆坐落在忙碌城的中心，这里的咖啡和书本一样受人欢迎。

图书管理员是一位穿紫色衣服的年轻姑娘，她叫阿灿，穿着漂亮的花衣裳，那花纹是一片灿烂的蒲公英，许多蒲公英的种子正随着风飘扬，和她黑色的头发一样轻盈。

阿汤先生在这里翻阅了五天的书,一直都没有找到他需要看到的。

第一天,他看见了文学家写的关于忙碌城的人物传记,大人物有市长先生的传记,小人物有本市的第一位邮递员的传记,再有就是忙碌城最忙的人物交通局长的传记,忙碌城最清闲的人物警察局长的传记。

第二天,他看见了历史学家写的关于忙碌城的大事记,有忙碌城第一家商店何时出现,第一条铁路由谁建造,阿汤先生在这里看见了他的爷爷,第一位在忙碌城修筑铁路的人,遗憾的是仍然没有查阅到任何关于忙碌城何时成立马戏团的记录。

第三天,他看见生物学家写的关于记录忙碌城前往森林砍伐树木的记录,生物学家预言,如果继续砍伐森林,忙碌城将在100年之后变成沙漠。生物学家的忠告拯救了这个城市,也拯救了森林。

第四天,他开始一杯接着一杯地要咖啡,他注意到很多关于动物的书籍,但是,没有哪本书上提到人应该怎样和动物相处,动物在城市里怎样生活等等内容。

第五天,他疲倦极了,开始有些失望,他甚至还

读了医生的书,想看看有没有罗里先生的看病记录。但是,结论是罗里先生从不生病。

到了第六天,他不知道还能看什么书,愣愣地坐着喝咖啡,眼睛扫着四周,看有没有被遗忘在角落里的书本。

阿灿微笑着走向他,问:"我注意您好几天了,先生,请问需要我帮助吗?"

阿汤先生当时正把笔夹到耳朵后面,他没有想到年轻的阿灿姑娘会向他走过来,他很不好意思地把笔拿下来,放在手指上打着转转,并且说:"是这样的,我叫阿汤,我想知道,您在这里几年了。"

阿灿仍然微笑着说:"这和我能否帮助您有关吗?不过我可以告诉您,我的妈妈,在没有生我的时候,也就是说,我的妈妈像我这样大的时候就是这里的图书管理员,而我,从小就在这里长大,我在这里已经18年了。"

阿汤先生很高兴,他说:"那就好办了。我想查阅古老的魔法书。"

阿灿愣了愣,说:"这些书很多年没有人来翻了,而且,图书馆有规定,这些书是不能随便让人翻的。"

阿汤先生犹豫了一下,用很轻的声音说:"我对魔法没有兴趣,我是为森林里一只叫白黑黑的熊来的。"

听说白黑黑的名字,阿灿马上说:"我听说过那只熊,他是忙碌城'大惊小怪'马戏团的小丑明星,他真的需要帮助吗?"

阿汤先生把架在耳朵边的笔拿下来,很认真地点了点头,说:"他原本是生活在森林里的,因为我修建了森林通往城市的铁路,所以他到了城市,但是,魔法让他失去了记忆,我想帮助他。"

阿灿仔细地看了看阿汤先生,再从抽屉里拿出一张报纸,报纸是一年前的,上面刊登的就是那则忙碌城修建铁路的新闻,报纸上有铁路工程师阿汤的照片。阿灿又仔细看了照片,说:"我认出来了,你就是那位关心动物的铁路工程师阿汤先生,你等等,我去拿钥匙,因为那些书在地下室。"

地下室在蒲公英图书馆的后面,很多年以前就封闭起来了,因为忙碌城的人们崇尚科学,魔法书早就被看成是最最没有用处的书了。

阿灿只用了一会儿时间就拿来了钥匙,她的手里

还拿着一个鸡毛掸子。

阿汤先生说:"我可以走在前面的,如果有灰尘落下来,落到我的身上,而不是您的身上。"

"没有关系,"阿灿说,"前不久有一条叫做卷毛的狗也来看过,我陪他进去过。"

阿汤先生惊诧了,他问:"确信是狗吗?"

阿灿说:"是的,是狗,我以为他走错了地方,他应该去热狗店,可是,他真的是来查资料的,他也说是为了'大惊小怪'马戏团的白黑黑来的。他在里面待了一天,后来很失望地走了。"

阿汤想起那条卷毛的狗,他有时候拎着一桶油漆经过城市的马路。好像从来都没有人注意过他,他又好像是"大惊小怪"马戏团的成员,又好像不是。

他们一边说着,一边就到了地下室。阿灿打开门,门里面是一个陈旧的木楼梯,走下木楼梯,是一个很大很大的储藏空间,在地下室最高的地方,有一扇通往马路的小小窗户,从这个小窗户可以看见行人走过街道的脚步,阳光也从那里照射进来。

蜘蛛在这个阳光能照射进来的窗户上织了一张大大的网,蛛蛛网的网状投影就落在地下室中间的一个木箱子上面。

这样的木箱在地下室有很多很多,如果看完这些木箱的书需要整整一个月?还是一年?

阿汤就打算把自己关在这样的房子里,整整一天,两天,三天……

每天,阿灿下班的时候,进来叫他:"可以走了吗?阿汤先生,这里是不能好好休息的。"

阿汤就说:"没有关系,我不打算休息了,也许,明天晚上我就可以离开这里了,你先回去吧,留一盏灯给我就可以了。"

阿灿不会马上就回去,她会陪阿汤先生到很晚,直到月光照射到窗户里才回家,第二天,她会很早就来,带来足够阿汤先生吃一天的食物。

第四天早上的时候,阿汤说:"还有最后一个箱子没有打开,您可以帮我一下吗?"

这最后的一个箱子居然只有锁却没有钥匙。

阿灿拿来了榔头、起子等工具。阿汤是一位工程师,他会很熟练地使用工具,很快就打开了最后一个木箱子。他惊呆了,里面放着的不是魔法书,而是一本《木匠日记》。

阿灿闪亮的眼睛也露出吃惊的神情,她说:"我从不知道这里还藏着一本《木匠日记》,看来,这也不是您要找的书。"

阿汤拿起这本书,翻开,他看见第一页上写着这样一行字:一个关于罗里的故事。

这就是阿汤需要找到的书,它不是历史学家、社会学家、生物学家或者其他有学问的人写的,它是一位木匠写的。

第三章 木偶罗里

13
木匠日记

这是一本关于记载罗里经历的日记,罗里悲惨的一生从他还是一棵树的时候说起。

阿汤和阿灿不能确定日记的主人究竟是谁,一般说起来,日记中间写到自己的时候,总是称自己为"我",而不会直接写自己的名字,因此,在日记的任何一页都没有找到木匠的名字。

木匠在日记的第一页上写着:

我是一个活了很长时间的坏人。

70多年前,我出生在忙碌城,从小学会了写字和做木匠活,除此之外,我没有别的本领。

我一辈子没有做过什么好事,倒是做过两件坏事:

一件是因为我的邻居每天都踩坏我的草地,我故意给她钉了一张三条腿的椅子,害得她常常摔跤,终于有一天,她摔坏了一条腿,她和她的椅子一样少了一条腿,她再也不能踩坏任何人的草地了。

另一件事情是我砍伐了一棵会说话的树,他叫罗里,他悲惨的一生都是我造成的。

现在我就要把我做的这两件坏事写下来,并且存放在图书馆里,我这样做不仅是为了减轻我心里的不安,更是让看过日记的人不要犯同样的错误。

日记是真实的,一位老木匠放下了手中的锯子,拿起了笔,写下了关于他的邻居和一棵会说话的树的真实故事。

但是,日记中提到的罗里是一棵树,而阿汤想查阅的是"大惊小怪"马戏团的罗里,他们究竟有没有关系?

阿汤的脑子里立刻就出现了这样的公式:

马戏团主人罗里 = 一棵橡树罗里

或者:马戏团主人罗里 ≠ 一棵橡树罗里

简写的方式就是:罗里 = 树,或者罗里 ≠ 树。

阿汤是一位工程师,他善于推断,推断的结果是:如果马戏团的主人不等于一棵树,那么名字相同只是

一个巧合,他查阅到的这本日记对他没有丝毫的价值;如果马戏团的主人罗里就是一棵树,那么他是树木做成的人,结论只有一个,罗里是木——偶——人。

忙碌城的人一定没有想过,"大惊小怪"马戏团的主人会是一个木——偶——人。

继续读老木匠的日记,立刻就证实了阿汤先生的推断是正确的。

在很久很久以前,马戏团的罗里是一棵生活在森林里的橡树。

橡树在森林里快乐地生活着,他枝叶茂盛,根深深地扎进土壤。有一天,一只黑色的白头翁落在他浓密的树冠上,她把家安在橡树的树顶上。

这只黑色的白头翁是一只会魔法的鸟,谁也不知道她来自何方,她也没有别的朋友,她对橡树说:"作为一棵树,你应该有自己的想法,比如,喜欢怎样的鸟在你的树杈里做窝,喜欢把枝丫伸到南方,还是东方?你一定不会喜欢西方和北方,这一点不用我教你。或者你不喜欢有小的灌木生长在你周围,你的根须就必须把灌木挤走。当然,你还要有自己的名字,知道吗?"

橡树从来没想过那么多，不过他觉得白头翁说的话都有些道理，他开始思考，当一个人学会思考的时候，他就开始变成一个聪明的人了，而当一棵树学会思考的时候，他就不再是一棵普通的树了。

他给自己取名罗里，他欢迎鸟儿生活在他的树冠上，他也希望灌木生长在他的周围。他和白头翁鸟成了很好的朋友，白头翁鸟教会了罗里说话，最后，她还在自己老死之前把自己一知半解的魔法全部教给了罗里。

罗里觉得自己是整个森林里最最快乐的树，他有很多的梦想，他希望自己开花、结果，这些果实落到泥土里，长出很多很多会说话的橡树，他希望，在森林里，大家都可以看见树和鸟快乐地说话，树和兔子快乐地说话，树和靠在树干上休息的人快乐地说话……

有一天，森林里来了一群工人，他们是忙碌城的砍伐队员，他们中间有一位就是木匠。

木匠靠近橡树的时候，抚摸着挺拔的树干说："真不错，足够做成一张桌子了。"

橡树罗里突然说话了，他请求着："我是一棵有

名字的树,我叫罗里,别砍我,我不想变成桌子。"

木匠没有想到自己能遇到一棵会说话的树,他更加喜欢这棵树了,他说:"我没想到我的运气这样好,我保证不把你做成桌子,因为你会说话,做成桌子太可惜了。"

橡树罗里说:"我不希望自己成为任何别的东西,我只想做树。"

木匠说:"我做木匠很多年了,一直是一个没有出息的木匠,但是,如果我拥有了你,我一定会成为出色的木匠,不,我会成为了不起的艺术家。"

橡树罗里的哀求根本改变不了木匠想要得到这棵橡树的决心,他用锯子使树和树墩分开。

接着,他把橡树拖进森林的小溪流里,人们都是利用河流来运送树木的,向山下流着的水会把树送到人们居住的村庄。

木匠做完这些事情的时候,山上就下起了雪,大雪把刚刚锯掉了树的树墩覆盖,遮盖了树墩上的伤口。

橡树罗里没有及时送到山下,他在小溪流中被冰冻住了。

这是一个非常寒冷的冬天,罗里离开了温暖的泥土，躺在冰冷的溪水里，他的心里空荡荡的，冰冷的水进入了他的心里，冰凉，四周一片冰凉，心里也是一片冰凉，这种冰凉的感觉在冰冻的日子里慢慢转变成另外两种东西，那就是悲伤和仇恨。

漫长的冬天，橡树罗里的心里充满了悲伤和仇恨。

春天来临的时候，小溪流解冻了，然而，橡树罗里心中的坚冰无法融化。

木匠到小溪流旁边，把橡树罗里运回家，经过一个冬天，他已经想好要把橡树罗里做成一个木偶人，一个会说话的木偶人。

木匠的手艺不错，没多久，木偶人罗里就诞生了。

罗里和真正的人没有什么区别，他会说话，会动脑筋，他还拥有一点点魔法。如果没有木匠的日记，谁也不会知道罗里会是一个木偶人。

当罗里还是一棵橡树的时候，他自己也不知道自己将变成木偶人罗里。

阿汤和忙碌城所有的人都没有想到罗里是一个木偶人。

那个鼻子高高的、眼睛小小的老头是木偶人？

那个捧着储蓄罐来敲玻璃门的老头是木偶人？

那个像啄木鸟一样蹲在地上看演出的老头是木偶人?

那个控制着整个木偶剧院十多位动物演员的剧院主人是木偶人?

……

阿汤问了自己很多这样的问题。

是的,他是一个来自森林的木偶人,是一个充满了悲伤和仇恨的木偶人。

14

罗里不是普通的木偶人,他有着木匠的智慧和一知半解的魔法,最糟糕的是他有一颗冰冷的心。

木偶人罗里的诞生让木匠非常快活,他觉得自己做了一辈子的木匠,这回有些像艺术家了,他为木偶做了一个木烟斗,还为他做了衣服。

木匠把自己的知识传授给木偶人,他希望自己制作的木偶人拥有人类的聪明才智。

他对罗里说:"好了,孩子,现在,你成为真正的人了。"

罗里说:"我不想成为人,我只是一棵树,在这个世界上,只有森林才是我真正的家。"

木匠能改变了罗里的外形,却不能改变他心里所想的。

但是,森林在哪里呢?罗里不知道自己的森林在哪里?他没有指南针、没有地图、没有足够的钱可以回到自己的森林。城市离森林太遥远太遥远了。

罗里的心里充满了悲伤,但是他并不流泪,他的心早就被冰冻住了。

木匠看着整天愁眉苦脸的木偶人,终于明白自己做错了事情。他想帮助木偶人回到森林,但是,木匠也是一个贫穷的人,并且他明白得太晚了,在不久以后,木匠病倒了。

木匠生病以后,写了这本日记。

日记的最后一页说,有一天,木匠发现罗里也病了,木匠仔细地为罗里做了检查,发现罗里的体温不正常,心脏也不好,另外罗里的腿上有一个关节松了,木匠用足了所有的力气,在罗里的腿上钉进去一个不锈钢的钉子。

罗里说：谢谢，医生。

这是罗里对老木匠说的最后一句话，老木匠认为这表明罗里原谅了他，而且，罗里称呼他为医生，这是老木匠一辈子得到的最大的荣誉。

老木匠安静地离开了这个世界，留下的木偶人罗里突然感觉到孤独。

他漫无目的地在城市的街上走着，走累了，就在街边的椅子上坐下来，那时候，忙碌城正在改选市长，街头的墙上以及报纸上满是候选人的照片和介绍文字。

一只卷毛的狗正在卖报，他走到罗里跟前，说："先生，请您买一份报纸吧，明天就要进行市长大选了。"

罗里要了一份报纸。

卷毛说："我希望中间那个长脸的家伙当市长，因为他关心动物的生存状况。"

罗里冷冷地对卷毛说："你希望别人关心你吗？别做梦了。要靠自己，知道吗？"

那个夜晚，罗里一直在街头的长椅上坐着，直到第二天，卷毛重新经过这个地方的时候，罗里突然就叫住了他："别卖报了，赚不了几个钱，我想我可以让你有机会获得一个工作，正式的工作。"

卷毛很惊奇，他不知道自己除了卖报还能做什么别的事情。

罗里扔给卷毛一个刷子和一桶油漆，然后说："去吧，竞选市长的事情已经过去了，在那些报纸和墙壁上，统统刷上'大惊小怪'马戏团招聘成员的消息。"罗里说完给了卷毛一个热狗面包。

卷毛非常高兴，但是他说："我自己不算是你的成员好吗？"因为卷毛一直都流浪惯了，他不想成为谁的狗。

罗里答应了卷毛。

后来卷毛在火车站刷墙的时候，摔伤了狗腿，遇到了女列车管理员，忙碌城里只有一位女列车管理员，她好心地说："让我来照顾你吧，我的孩子。"

卷毛说："好的，但是，我不住在你家里，好吗？"也就是说，卷毛依然可以过自由的流浪生活。

卷毛有时候是女列车员的狗，有时候是罗里的狗，有时候他不是任何人的狗，他是自由的狗。这样的生活让他非常满意。

忙碌城原来的市长，那个愚蠢的家伙，他过度地

砍伐森林，把很多动物都逼得无处藏身，一些动物不得不离开长期赖以生存的森林，到处流浪。市长因此被罢免了。

卷毛就在这个时候，在城市的各个角落为罗里招来了狮子毛毛、大象班班以及猴子丢三和拉四。这是忙碌城第一个马戏团。

他们的演出获得了成功，一年以后，"大惊小怪"马戏团就出名了，罗里开始有了很多的钱财。

15

罗里有了疯狂的想法，他开始用古老的歌剧魔法控制动物，他企图让动物占据城市，最后把人类赶出去。

阿汤先生知道卷毛到过图书馆之后，就觉得卷毛应该知道一些秘密。他决定先去找卷毛。

卷毛正在火车站附近，他把报纸折成帽子戴在头上，站在梯子上刷海报，海报上的小丑白黑黑已经把鼻子染成了红色，他的小丑形象得到了忙碌城人们的喜爱。

阿汤先生看见这张海报就想起白先生和白太太,哦,冬天马上就会到来,白先生会从遥远的地方回到森林,他看不到白黑黑会多么担心啊。

阿汤先生曾经对白先生说过:火车可以在很短的时间里把人带到很远的地方,然后再用很短的时间把人从遥远的地方带回家。他必须让白黑黑在冬眠之前回到森林。

阿汤把手卷成喇叭,对着高处喊:"卷毛,你听我说,我必须让白黑黑回到森林去冬眠,你听见了吗?"

卷毛停止了刷墙,但是,他没有下来,他仍然站在高的地方,头也没有回地说:"我知道,这件事情我也有责任,但是,我能做什么呢?"

阿汤说:"你能的,我们一起合作就可以,你知道很多事情,我需要你合作。"

卷毛把桶放下来,刷子上的油漆顺着墙往下淌。卷毛说:"好吧,你是工程师,应该比我更加有办法。"

阿汤走过去扶住梯子,说:"下来吧,卷毛,我们好好谈谈,其实,这件事你也挺关心,对吗?我知

道你去过图书馆,阿灿姑娘告诉我的。"

卷毛怔了一下,他把手上剩余的油漆在肚子部位的毛毛上擦干净,然后握住阿汤的手说:"我知道你比市长还关心动物,我相信你。"

卷毛就开始断断续续地说了他所知道的事情。

五年前,卷毛遇到了罗里,罗里正在组建马戏团,卷毛觉得他是有智慧、有本事、有爱心的人,卷毛替他刷海报,日子过得忙忙碌碌,他们招聘到很多的动物演员,因为那时候,很多森林遭到砍伐,大家都很恐慌,有一些动物到城市里来寻找出路。

不久,人类开始禁止砍伐森林,有一些动物就想着要回森林看看。

尤其是在狮子毛毛和狮子太太有了小狮子以后,狮子夫妇希望能带小狮子回森林居住;大象夫妇也是这样,他们非常想念热带树林。

罗里害怕他们走,真的,他像一个失去了翅膀的蝗虫一样满屋子乱转,最后,他气急败坏地抓着光头说:"我辛辛苦苦建造的马戏团不能就这样散了。我要让他们忘记过去,在这个城市里开始新的生活。"

罗里能做到这一点,他曾经认识一只奇怪的白头

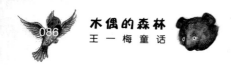

翁鸟，白头翁鸟教了一些魔法给罗里，罗里还从白头翁那里得到一张歌谱，只要把歌谱上记载的歌剧唱出来，魔法就产生了。

歌谱的上半张是高音部分，唱起来很难，但是可以用来控制记忆；下半张是低音部分，唱起来比较容易，可以用来恢复记忆。

从那时候开始，罗里对想离开他的动物演唱上半段的高音歌剧。他对白黑黑唱的也正是上半段的歌剧。

这些动物听过高音歌剧之后就忘记了过去。

和罗里对抗就意味着将失去记忆、失去自由。

卷毛再也不说自己想离开罗里了，他不想忘记自己流浪的过去，尽管那些回忆里也有辛酸。他乖顺地帮罗里做事情，比如：刷海报、在火车上把白黑黑骗进马戏团。

时间长了以后，罗里觉得卷毛可以相信了。

有一天，他找卷毛说了他的"伟大"计划："我要让越来越多的动物住到城里来，等动物多得足够和人较量的时候，我们一起把人从城市赶出去。"

卷毛惊讶地张大了嘴巴，他以为罗里想控制动物是因为他太孤独，他需要有动物陪伴着他，没想到他想控制的是整个城市。整个城市会被高音的魔法歌剧控制着，所有的动物都会失去记忆。这真是一个疯狂的计划。

卷毛想起自己曾经是这个城市的流浪者，接着是这个城市的卖报者，而现在……，他不想成为罗里控制整个城市的帮手。

卷毛知道，罗里还有另外半张低音歌谱，如果能拥有低音歌谱，罗里疯狂的计划就不能实现。到时候，卷毛或者别的人可以用低音歌谱来阻止罗里。

卷毛趁罗里像啄木鸟一样趴在地上看演出的时候，翻遍了罗里的整个屋子，但是根本就找不到下半张低音歌谱，因此卷毛想去蒲公英图书馆寻找另外半张低音歌谱。

阿汤听卷毛说完，他沉默了，人类砍伐森林给动物和植物带来了多大的伤害啊，如今，该是人类接受惩罚的时候了吗？

阿汤问卷毛："你知道罗里这样做非常可怕，你为什么不向警察或者市长报告这件事情？"

卷毛说："我不相信他们，他们也不会相信我，他们会把我看成是一条疯狗。而且，在忙碌城，除了

您阿汤先生关心动物,就算罗里关心动物了,不管怎么说,他在动物们无处可去的时候收留了他们,并且给了他们工作。"

在这个城市里,动物对人类已经失去了信任,有一个植物做成的木偶人对人类充满了仇恨,这不是一个和谐美好的城市。

他对卷毛说:"罗里不是人类中的一员,他曾经是一棵树,现在是木偶人。"

卷毛非常惊讶,他一直都觉得罗里非常神秘,却没有想到他会是一个木偶人。一个木偶人拥有了人类的智慧,还拥有了魔法,可是,他没有拥有一颗爱别人的心,而是拥有了一颗复仇的心,这是多么糟糕的事情啊。

16

阿汤决心去解救动物们,同时也解救罗里。图书馆的阿灿姑娘送来了木偶人曾经生活过的森林地图。

阿汤漫无目的地走在城市的街道上。

秋风把地上的一片落叶卷起来，在阿汤先生面前打了几个转又不知道吹到哪里去了。

阿汤先生的大衣口袋里放着《熊为什么要冬眠》，他试图拿这本书再次去说服罗里，让他放白黑黑回家。

他从那个旋转的玻璃门进去，转了几个弯以后，找到了罗里的木屋。

他把书拿出来，说明了自己的来意。

罗里找来白黑黑，今天，白黑黑的鼻子是蓝色的，他的眼皮被涂成了红色。罗里对阿汤说："你想带走他吗？不，你不能强迫他，你得问问他自己想不想回家。"

阿汤摇动着白黑黑的肩膀，仿佛要把他摇醒："白黑黑，阿汤大叔送你回家好吗？"

白黑黑开心地笑着，他快乐得像一个白痴，他说："舞台就是我的家。"

罗里得意地眨着他的小眼睛，说："看到了吗？优秀的演员都把舞台当成自己的家。"

阿汤转身对着罗里说："他已经忘记了过去，忘记了自己的森林，可是，你也忘记自己的过去了吗？木偶人能忘记自己的森林吗？"

罗里瞪起小眼睛,他不耐烦地挥着手说:"不要跟我提过去,我不想回忆过去。"

阿汤说:"我知道你不想回忆伤心的往事,可是,作为木偶人,你难道就不想回森林去看看吗?"

罗里的脸几乎变形了,他用尖厉的声音叫着:"别和我提森林,别和木偶人提森林。"

吼叫完以后,罗里突然安静下来,用冷静得可怕声音,像啄木鸟啄树木一样一字一顿地说:"你看了木匠的日记?只有他知道我是木偶人。"

阿汤说:"他并不知道你会变成现在这个样子。"

罗里大笑起来,声音在木屋里回荡,笑完之后,他说:"是他把我变成这样的,他根本就不听我的哀求,那个寒冷的冬天,我躺在冰冷的河面,我的心早就结冰了。"

阿汤知道自己无法说服一颗结冰的心。

他失望地走出了马戏团的旋转大门。大门在阿汤走了以后仍然不停地旋转着,仍然会有动物走进这扇门。

风吹起了阿汤的衣角。阿汤在想:瞌睡虫是不是跟着风一起来了呢?慢一些来吧,好让他有足够的时间帮助白黑黑回家。

他一边想着一边走进了蒲公英图书馆,他也不知道自己怎么会走到了这里,他的心里乱极了。

阿灿为他端来一杯咖啡,然后坐到他的旁边,阿汤愿意阿灿就这样坐在他身边,有阿灿在身边,他感到心情平静一些了。

阿灿问他:"能不能给你看一些东西?"

阿汤先生说:"当然,在这里应该听你的。"

阿灿露出一个无比灿烂的笑容,她从身后拿出一个花纸盒,里面装着一些衣服,还有帽子。这些衣服有的是用毛线编织的,有的是用棉布做成的,不管是衣服还是帽子,全部都是绿颜色的。

阿汤先生奇怪地看着满盒子的绿色衣服和帽子。

"我们把这些送给木偶人罗里好吗?"阿灿说。

阿汤先生拿着衣服一件一件地看,看起来这些衣服都非常漂亮,穿在木偶人罗里身上应该非常合适,只是……

阿灿说:"那天看了木匠的日记,我觉得木偶人太可怜了,他原本是一棵多么快乐的树啊。"

哦,阿汤和卷毛一直都想着木偶人的神秘和可怕,

而阿灿，这位温柔善良的姑娘，她想到的，是木偶人的另外一面。

阿汤先生的眼睛里放出光芒，他搓着手，说："我怎么就没想到呢？阿灿，我们最最应该帮助的，其实是木偶人罗里。当他冰冻的心融化了，一切都会发生变化。"

阿灿说："我还找到了木偶人生活的森林地图，我们应该去木偶人的家乡看看，找出帮助他的办法。"

阿汤先生被阿灿姑娘征服了，是因为阿灿的聪明，更是因为阿灿的善良。

他梦想依靠修建道路来拉近自然和人类之间的距离，而阿灿，没有任何言语，就能走到别人的心里去。

17

阿灿用爱融化了罗里心中的冰，罗里回想着他是树的快乐时光，他说，另外半张乐谱就藏在树墩下面的洞穴里。

阿汤先生陪同阿灿再次来到马戏团的门口，他们从旋转的门中间走进去。

罗里正坐在空旷的舞台上,他痛苦地把头埋在两条腿之间,自从和阿汤谈话之后,罗里突然很想念很想念森林,其实,这些年来,回到森林的念头一直在痛苦地折磨着罗里,罗里一直努力让自己不去想。

观众席上,没有一个观众。

舞台上的一束灯光照射在罗里的后背上。他的衣衫早已经褪了色。木匠给予他的是木头的颜色和花纹的衣服,现在看上去,只是一件土黄色的衣服。

阿汤在门口停下,让阿灿独自走进去。

阿灿很轻地走进去,像一朵蒲公英的种子飞落在罗里的面前。罗里抬头看见阿灿满脸的微笑,手里捧着那些绿色的衣服。

阿灿柔柔地说:"给你的。"

罗里指着自己的鼻子问:"给我?"

阿灿仍然捧着衣服,仍然柔柔地说:"对,给你。"

罗里迟疑着接过衣服,他嘀咕着说:"很久了,很久没有穿绿衣服了。"

阿灿笑了,她的笑容无比灿烂,就像盛开的蒲公英花,她说:"那就快穿上吧。"

罗里的脸上突然也露出一个笑容,这是罗里成为木偶人以来第一次微笑。他穿上了绿色的衣服,就像一棵绿色的树。

罗里问阿灿:"你看,我是一棵树吗?我是树吗?"

阿灿说:"你很像一棵树,真的,不过,我们也喜欢木偶人罗里。"

不知道什么时候,阿汤出现在罗里身后,他说:"罗里,和人类和好吧,灾难已经成为过去。"

罗里呆呆地看着阿汤和阿灿,流下了眼泪,哦,有谁会看见木偶人流眼泪呢?那就让他哭吧,痛痛快快地哭吧,让他把作为一棵树或者一个木偶人的所有委屈都跟随着眼泪一起流出来。

阿灿把罗里引到一张桌子旁边,她说:"罗里,我知道你离开家乡已经很长时间了,你看,这是我们帮你找的家乡的地图,知道吗?你的森林就是白黑黑的森林。"

罗里的眼泪更多了,他绿色的衣服开始湿透,不断有水蒸气从衣服里冒出来。

罗里觉得身体渐渐热起来,他说:"我一定是病了,并且没有木匠可以为我治病,这不是一颗钉子可以解决的问题。"

阿灿去摸罗里的额头。

阿汤先生拿下了阿灿的手,说:"他没有生病,这是融化,他身体里的冰正在融化。"

罗里被水蒸气笼罩着,舞台上的灯光照着水蒸气,使得罗里看上去像是快要被蒸发了一样。

在水蒸气包围下,罗里想起了水蒸气笼罩着的森林,露水在阳光的照射下闪闪发光,那时候他是一棵树,他快乐地舒展着每一片树叶,他的树墩快乐地向地下伸展着根和须。

对了,在森林里有他的树墩,他在树墩下藏了破解魔法的另外半张低音地图。

罗里的喉咙里不再发出像啄木鸟啄树一样的声音,他听见自己另外一种声音:"我要回森林。"

阿汤拿出两张火车票:"可以,我陪你去。"

罗里点点头,说:"我们还要带上白黑黑。"

阿汤又拿出一张火车票:"我早做了准备,这是白黑黑的车票。"

第四章 兔子阿德

18
回到森林

罗里请阿灿照顾马戏团,他终于可以回到森林了。阿汤也要把白黑黑送回森林,他们一起登上了回到森林的列车。

罗里请求阿灿为他看守马戏团,在魔法没有解除之前,大象夫妇、狮子一家,以及其他的动物们都需要阿灿照顾。

阿灿会帮助狮子太太编织毛衣;

会拿大刷子替大象清洗大大的脚趾;

还会帮猴子梳理毛发。

总之,阿灿会很好很好地和动物们相处,这一点也不用担心。

罗里决定在拿到魔法书以后,恢复马戏团成员的记忆,当然,他还希望大家忘记他曾经控制过他们。特别希望黑熊白黑黑忘记被他逼着钻火圈,希望猴子丢三和拉四忘记被他逼着骑独轮车。

白黑黑告别朋友们,他突然有一个担心,他怕他恢复了以前的记忆而忘记了忙碌城发生的一切,他在忙碌城有了自己的新朋友新生活。经历过的一切,无论是欢乐还是痛苦,同样都值得珍惜。

但是,他必须回到自己的过去,回到自己的森林。

在忙碌城开往森林的列车上,女列车员为大家检票。

她认识白黑黑:"哦,你就是那个大明星,我看过你的表演,你去森林度假吗?"

白黑黑说:"不,我回家。"

女列车员说:"你的家在森林吗?哦,你是怎么到城市的,我好像没有看见过你乘坐我的列车,我不会看不见一个大明星的。"

白黑黑不知道怎么回答。幸好火车马上就要出发了,女列车员说:"哦,快去吧,原谅我问得太多了,我只是太喜欢你的表演了。"

他们刚刚坐稳,火车就开了。

卷毛出现在列车上,他手里拿着一叠报纸,有气无力地喊着:"卖报,卖报,本城最著名的丑星白黑黑告别舞台,'大惊小怪'马戏团停演。"

罗里说:"请给我一张报纸。"

卷毛头也不抬,只是说:"3毛钱,先生。"等他把报纸递过去的时候,才发现原来是罗里。

他把报纸递给罗里,说:"我早就盼望马戏团解散,可是,这几天我一点也不高兴。"

罗里说:"除了你,我限制马戏团所有成员的自由,夺走了大家的记忆,但不能消除自己的记忆,其实,我每时每刻都在想自己的家。"

卷毛说:"我好担心他们恢复了以前的记忆,然后就忘记了我。虽然在他们的记忆中,我也是个坏蛋。"

听卷毛这样说,罗里感觉自己也不舍得马戏团的所有成员,等大家恢复记忆以后,他们将不认识他,也就是说,罗里在他们的心里死掉了,大坏蛋罗里在他们的心里死掉了。

这时候,女列车员的哨子吹响,火车的轮子就转动了,列车离开城市越来越远,向森林驶去。

阿汤终于把《熊为什么要冬眠》的书送给了白黑

黑，让他在路上读读，等到了家白黑黑就没有时间读了，他需要冬眠。

在森林里，一棵大树下，大熊白先生和他的太太正在等待着。白先生回家已经7天了，白黑黑不在家，让他感到意外，也让他着急。

他在他的太太面前抱怨着："这全怪那个工程师，如果不是他修了铁路，黑黑不会离开这里。"

白太太却说："别怪工程师，我们的黑黑早晚需要到外面走走的。"

兔子阿德经过这里，他安慰白先生和白太太说："别太担心，我相信火车能把白黑黑带到很远的地方，也能把他从很远的地方带回来。"

虽然白先生和白太太同意兔子阿德的说法，但他们仍然止不住地担心。

白先生第一次体会到等待亲人归来是多么漫长的过程，他的太太已经经历了多少次这样的等待了。

白先生突然对白太太说："明年春天我去把我的蜜蜂托给别人照顾，以后我再也不出远门了。"

19

　　白黑黑回到了森林，他喜欢森林里的一切，但是，他已经回忆不起从前的一切了，这让白先生和白太太非常悲伤。

　　当天色还没有完全暗下来的时候，白先生和白太太听见火车滚动着向森林里开过来了。他们奔跑着来到铁轨边上。

　　列车终于驶进了森林。阿汤先生带着罗里、白黑黑下了列车。

　　白太太看见白黑黑，一下子冲上去抱住了白黑黑。

　　白黑黑没有想到一下火车就被抱住，他对阿汤说："森林里的熊真是太友好了，我一下车就受到了他们热烈的拥抱。"

　　阿汤说："别奇怪，孩子，他们是你的爸爸和妈妈。"

　　爸爸和妈妈？自从进了城市，白黑黑就没有想到自己是不是有爸爸和妈妈，他更没想到眼前穿着工装裤的大黑熊和穿着漂亮粉红色裙子的大熊就是他的爸爸和妈妈。

白黑黑不习惯地向后退了一步。

白先生和白太太愣住了,他们没想到他们的孩子居然不认识他们了。他们同时把目光投向阿汤先生。

阿汤先生说:"对不起,这是因为魔法的缘故,但是,我保证他会好的,很快就会好的。"

白先生和白太太非常伤心。但是,这一切究竟是怎么发生的?他们希望阿汤和罗里能跟他们回家去,说说白黑黑在城市里的故事。

熊的家在橡树下面,罗里以前就是一棵橡树。

等大家坐下来的时候,他们发现木偶人罗里已经不知什么时候离开了他们。

罗里害怕见白先生和白太太,他觉得自己对熊的一家说对不起是没有用的,他要尽快找到他的树墩,找到他的另外半张低音魔法歌谱。

返回森林,罗里觉得自己又变成了一棵树。

可是,所有的树都用陌生的姿态看着他。有很多树是在他离开森林以后新长出来了,他们改变了森林原来的样子,罗里不能很快找到属于他的树墩了。

罗里离开森林的时候,他的树墩有20个年轮,经过50年,他的树墩变成什么样子了呢?

他这样出现在树墩面前的时候,他的树墩还能认识他吗?也许,树墩早就忘记他了,他的根部或许已经长出了新的树来。

不管怎样,他只希望他的树墩还在,如果树墩不在了,那他永远都不能破解魔法,白黑黑就永远不认识自己的爸爸妈妈了。

罗里突然又觉得自己不是一棵树,而是一个很老很老的老木偶。

从一棵树到一个老木偶,罗里已经走过了50年,50年来,他把大部分的时间都用在复仇上,由于他,白黑黑不认识自己的爸爸和妈妈,他不知道熊爸爸和熊妈妈会不会来找他算账,如果他们来找他,也许他反而会觉得轻松一些。

在黑夜的森林里,罗里迷路了,50年前,他作为一棵站在原地的树,原本就不认识森林里的路。他像一个耗尽了力气的地老鼠,疲倦地靠在树干上,抚摸着树皮沉沉地睡去了。

在熊的家里,白太太为黑黑铺了粉红色的床单,盖上粉红色被子,黑黑在温暖的床上暂时地睡着了,这时候,离熊正式冬眠的时间还有一天。

阿汤先生正在给白先生和白太太讲白黑黑在城市里的经历。

听完以后,白先生和白太太说:"那个木偶罗里呢?我们要找到他。"

阿汤先生说:"如果你们想责怪他,那就先责怪我吧。"

白太太说:"你想到哪里去了呢?我只是担心,冬天很快就要来了,虽然他是一个木头人,他也会冷的啊。"

阿汤先生问:"你们不恨他吗?"

白太太说:"刚听说的时候恨他,可是,听着听着就觉得他也很可怜的。"

阿汤说:"是啊,说起来,是老木匠先破坏了他的幸福。"

白太太说:"但是,也不要再去责怪那个老木匠,他已经后悔了。"

阿汤先生想,如果人类都像阿灿,而动物都像黑熊一家,彼此相处起来会是多么好啊。

当一切都过去以后,大家再也不相互记恨,而是相互原谅,这是多么好啊。

20

兔子阿德背着胡萝卜去送给冬眠的动物,路上他遇到了躺在树下的罗里,他居然能说出木偶人经历过的一切。

12月,是这个森林里所有动物开始冬眠的日子,他们用冬眠度过漫长的冬天。

兔子阿德背了一箩筐胡萝卜,一家一家地给冬眠动物送去。

阿德原本生活在胡萝卜村庄,那里的所有兔子都在清晨起床,然后一起做早操、跳远,然后一起吃胡萝卜,接着一起去胡萝卜地里小便,再接着就是把胡萝卜运到工厂榨成胡萝卜汁。

胡萝卜村庄的兔子认为:这是兔子最最幸福的生活。

可是,阿德可不是一般的兔子,他是胡萝卜村庄跑得最快的兔子,他喜欢过流浪的生活,他希望每天都走不一样的路,见不一样的人,听不一样的歌。

他离开了胡萝卜村庄，不停地走着，像不知道疲倦的奔驰车。

经过森林的时候，他的脚不小心崴伤了，他一屁股坐在树林里一个树墩上面。在那里休息了整整一天，等太阳快落山的时候，他决定留下来。

没有人知道阿德为什么要留下来。

他在这个森林里走同样的路，见同样的朋友，听同样的歌。

他对自己说："人生的目标有时候是可以修改的，不是一成不变的。"

三年了，他对这个森林已经非常熟悉，他喜欢这里的一切。他从胡萝卜村庄带来的胡萝卜在这里生长得也很不错。从一开始的一个胡萝卜长成了一大片胡萝卜地，收获了很多很多的胡萝卜。

每年冬天，阿德都会给冬眠的朋友送胡萝卜。

"一个，两个，三个。"哦，还有最后三个胡萝卜，这样算起来，一大清早，阿德已经送掉17个胡萝卜了。

"这三个胡萝卜正好送给黑熊一家，最大的给大熊白先生，颜色红红的给白太太，小的给白黑黑。"

想起白黑黑，兔子阿德有些焦急。他还不知道黑熊白黑黑有没有回到自己的家里，无论走得多远，他需要冬眠了。黑黑不回家，白先生和白太太能安心冬眠吗？他们又怎么能不冬眠呢？瞌睡虫一来，他们会一个接着一个打哈欠的。

想到这里，阿德走得匆忙起来。

"哎哟。"他被绊了一跤。

他看见两条直直的腿，脚上穿着大大的鞋子。看上去硬邦邦的，谁会在这样冷的天气里伸直了腿躺在地上睡觉？

因为躺在地上的人上半身被橡树的树干挡住了，阿德必须绕到树干的另一面去，才能看清他的身体和他的脸。

还没等阿德绕过去看，地上的人已经醒过来了，他直直的腿左右转动了几下，是180度的转动，接着"咔咔咔"地响了一阵。两条腿支撑着身体站起来了，树干后面出现了一张脸，他耳朵两侧有着很卷很卷的头发，很高很高的额头亮光光的，鼻子很尖，像森林里啄木鸟的嘴。

对于阿德来说，这是一张陌生的脸。

（对于读者来说，他已经是老熟人了，他就是刚

刚回到森林的，70岁的木偶人老罗里。）

"如果我的家里有很多胡萝卜，我会留一个送给雪人。"这是罗里见到阿德说的第一句话。

"是的，可是，您怎么会睡在这个树下面？您会着凉的，会生病的。"阿德的回答和罗里说的胡萝卜话题毫不相干。

罗里继续说胡萝卜："胡萝卜？我都这么大的年龄了，从来没想过这个树林里会有胡萝卜，这里的兔子从前都不会种胡萝卜的。"

阿德继续问问题："您这样大的年龄，怎么能睡在树底下呢？"

罗里的回答仍然离不开胡萝卜："如果您着凉了，即使把胡萝卜打成汁也帮不了您。"

阿德觉得这个老头很好玩，他一眼看见了胡萝卜，就一个劲地谈论胡萝卜，毫不理会别人的提问。

他觉得必须结束关于胡萝卜的话题。于是他把胡萝卜放到了背后的篓子里。

眼前没有了胡萝卜，罗里果然不再提胡萝卜，他突然问："你熟悉这里的树墩吗？"

阿德说："应该是熟悉的。你想找树墩休息吗？"

罗里说:"不,我想找到我自己的树墩。"

自己的树墩?这个小老头认为自己拥有一个属于自己的树墩?

罗里看出了阿德奇怪的眼神,说:"我是木偶人。"

阿德惊讶极了,他急忙问:"你曾经是一棵树?"

罗里一个劲地点头。

"后来离开了这里?"

罗里仍然一个劲地点头。

"再后来你被做成了木偶人?"

罗里点头点得更加快。

"现在你回来寻找自己的树墩?"

罗里除了点头还是点头。

"那么,你曾经应该是橡树。"

罗里惊讶了,这只兔子怎么会知道他的故事的?

21

兔子阿德听到了一个关于橡树和白头翁的故事,这是一个让人心酸的故事。

罗里承认自己曾经是一棵橡树,并且他非常想把他的故事完完整整地说给阿德听。

阿德愿意做一个听众。

在这个森林里,曾经有一棵橡树,长得枝叶茂盛,枝干挺拔,即使在全部都是树的林子里,它也是非常出众的。

一只白头翁鸟住到了这棵树上,这是一只不会唱歌的白头翁鸟,橡树从没见过不会唱歌的鸟,而且他很孤独,没有别的朋友,橡树用"沙沙"的树叶摩擦声答应做鸟的朋友。

让橡树想不到的是,这只白头翁鸟会魔法。白头翁鸟说:"既然你是我的朋友,我们就应该经常在一起说话,你应该学会说话。"

说话?对于一棵树来说是多么期盼而多么不可能实现的梦想。白头翁鸟运用魔法很轻易地把说话的本领教给了橡树。

从此,橡树会说话了。

那天,白头翁鸟说:"知道自己的价值吗?橡树,你是世界上唯一的一棵会说话的树。所以你应该有自己的名字。"

橡树给自己起了名字：罗里。

橡树罗里请求白头翁鸟说："我没想到我能学会说话，如果可以，你最好再教会附近的另一棵树说话，这样，我和另一棵树就能说说关于树的话了。"

白头翁说："我是没有耐心的鸟，我教会你说话是因为你是我唯一的朋友，如果你不和我说话，而和别的树说话，我是不愿意的。"

橡树罗里说话的时候，树叶是不动的，只是树干好像变成了一个通着的管道，声音被管道一传递，变得有些浑厚起来。这使得鸟和树不能说悄悄话。

所以他们说话总是会被别人听见的，一个到森林里来砍伐树木的木匠刚好听见了他们的对话。

木匠非常兴奋，他做木匠这么多年，终于遇到了这样的一棵树，他要好好利用这棵树做点什么。

他盘算着：假如用这棵树做椅子，那将是一把会说话的椅子；

假如用这棵树做床那将是一张会说话的床；

假如用这棵树做木门，那将是会说话的门，等有人想进这扇门的时候，门可以说"欢迎光临"或者"主人不在家，现在不开门"，等等。

不过,木匠仍然觉得用这样的树做做椅子、床或者门,实在是一种浪费,于是,他记住了这棵树,然后走出了森林。等有了绝妙的想法,木匠会重新进森林来砍树。

这一切白头翁鸟和橡树罗里都并不知道。

橡树罗里觉得没有别的树可以说话太遗憾了,但是他仍然感谢白头翁鸟给了他说话的机会,他们仍然常常在风中说着话。

直到一个冬天,白头翁鸟在寒风中落下了树,他已经太老了,在落下去的时候,他对橡树罗里说:"我是孤独的鸟,一个孤独的女巫给了我一张乐谱,乐谱的上半段可以让人失去记忆,下半段可以让人恢复记忆。女巫曾经对着我唱了上半段,让我失去了记忆,我忘记了所有的一切,包括我曾经生活的森林,后来,女巫答应为我唱后半段乐谱,但是我已经习惯了和她在一起的生活,所以我拒绝了。我也没有对别人唱过任何一个音符,我把乐谱的上半张放在你的树洞里,下半张放在树根那里,这等于我把整张魔法乐谱都交给你了。"

白头翁鸟在魔法的控制中结束了一生,他忘记掉

的记忆也永远都不会再找回来。

橡树罗里变得非常沉默。

这时候,木匠再次来到森林里,他一眼就认出了会说话的树。

木匠说:"尽管你现在不说话,我还是可以肯定你就是那棵会说话的树,我认识你的。我有一个绝妙的想法,对你对我都有好处,现在我要带你走。"

橡树罗里恳求木匠:"别带走我,我在树林里生活了20年了,我不想离开这里。"

木匠说:"看得出来,你在这里并不快活,或许我能改变你的命运。"

橡树罗里说:"不,我不离开这里,我要等到开花、结果,我的果实会落在泥土里,到那时候,这个森林会长出很多很多会说话的橡树,这里会非常热闹,我会非常快乐的。"

木匠想了想,最后仍然取出了锯子,他说:"我已经等了50年了,我已经是一个老木匠了,我不能一辈子一事无成,我一定要把你带出森林。"

站在森林里20年的橡树被木匠砍了下来,留下一个带着20个年轮的树墩。

木匠拖着橡树罗里,把罗里放进了溪水里。这个冬天,森林里异常地冷,小溪水也是钻心地冷,罗里在冰冷的溪水中漂流着,一直向山下流去。

失去了树根,罗里就离开了泥土,他怀念泥土曾经给过他的温暖,他恐惧小溪带给他的寒冷,罗里的心在溪水中一点一点地变得冰冷,他完全被冰冻起来了,他的体温在零摄氏度以下。

冬天过去以后,小溪水融化了,一切都变得温暖起来,可是,橡树罗里的心已经像一块坚冰。

木匠把橡树罗里带到了城市,按照他的想法把橡树做成了一个木偶人。

22

兔子阿德给罗里讲述了一个兔子和树墩的故事,这是一个关于等待的故事。正是这个故事改变了阿德流浪终身的想法。

大家都为橡树罗里伤心。可是,有谁会想到那个留在原地的树墩,他在失去树干和树叶之后的遭遇呢?

这一切,除了兔子阿德,没有第二个人知道。

兔子阿德听完罗里的故事,问:"你是回森林寻找你的树墩的?"

罗里点了点头,说:"我真怕我找不到他。"

兔子阿德说:"我知道你的树墩在哪里?这些年来,树墩一直在等着你回来,他相信你一定会回来的。只是,他一点都没想过,你会是现在这个样子出现在他的面前。"

"你知道我的树墩?哦,他不会想到我的样子是这样的,是,是的,他应该没想到。我变、变、变了很多,会让他失望吗?"罗里感觉自己有些口吃。

兔子阿德安慰他说:"不,你很好,你这身绿色的衣服会让树墩喜欢的。"

"那,那太好了。"罗里想起了为他做这身衣服的阿灿姑娘,她轻盈得像随风飘着的蒲公英,看见她就会想起春天。

兔子阿德决定把送胡萝卜的事先搁在一边,带木偶人和树墩见面是最重要的事情。

他们来到一丛灌木旁边,三年前,兔子阿德选择在这里休息,那时候,他实在是太累太累了,一屁股坐在一个看上去高出一些的地方。

阿德没有想到这会是一个树墩,而且是一个会说话的树墩。树墩说:"你会在这里待很久吗?"

阿德仔细地看这个树墩,树墩上已经长满了绿色的苔藓,灌木挡在他的面前,一般情况下,别人很难发现这里有一个树墩。

兔子阿德连忙解释说:"对不起,我只是停留一会儿,我马上就会出发的。"

树墩说:"不,我不是这个意思,你可以在这里待很久,事实上,我是希望你在这里陪我说说话。"

兔子阿德说:"哦,原来是这样,但是我是一只永不停留的兔子,我希望自己像旋转的陀螺。"

树墩说:"我不会占用你很多时间的,我只是想和你说说话。将近50年了,我一直孤独地站在这里。"

50年停留在一个地方,对于兔子阿德来说,是多么不可思议的事情。

兔子阿德答应留一个晚上,这个夜晚,天上的星星并不很明亮,阿德看不清树墩的年轮,只听见一个苍老的声音讲述着一个辛酸的故事:很多年以前,一个木匠锯掉了树,树被带走了,只留下树墩……树墩

遇到过很多能带他离开这里的人们。

有一次，树墩遇到了一位探险家，探险家在森林里迷路了，直到遇见了树墩，探险家才根据树墩的年轮找到了方向。为了感谢他，探险家决定把他带到城市去，可是，树墩拒绝了。

又有一次，他遇到了一位艺术家，艺术家说，像这样美丽的树墩他可以连根挖去做成一件工艺品，摆放在展览馆里，树墩就不用在这里受风雨的侵袭了。

还有一次，树墩遇到了一位象棋大师，象棋大师觉得如果用这个树墩做成一张圆形棋盘，将是象棋界一次重大的改革。

可是，树墩想：如果哪天橡树罗里回到这里来，他会找不到自己曾经生长过的地方，他会伤心的，最最主要是因为，他的身上藏着半张低音乐谱，这乐谱很重要，有一天，树一定会回来取乐谱的。他决定哪里也不去，并且需要隐蔽地默默地等待。

树墩说："如果他变成了一把椅子，到现在应该是吱嘎吱嘎响的椅子了，如果他变成了一扇门，到现在也已经被换下来了，如果运气好变成了一辆木车，或许，他会路过这里。不知道他还会不会认识我。"

兔子阿德被深深地感动着。

他想起他的兔子小伙伴,那只白色的兔子小姐,她说:"我会一直在这里种胡萝卜的,等你走累了,想回家的时候,你就回到这里来。"

哦,兔子阿德第一次感到生活原来并不是每天换花样才显得有意义的。

这个夜晚,阿德想了很多很多。自己经过了那么多的地方,只是走过了很多路而已。现在他应该真正做一件事,等做成了一件事情以后,他就回到胡萝卜村庄,和他的兔子小姐一起种胡萝卜。

第二天,兔子阿德就决定留下来,帮助树墩,直到他找到他的树。

一只兔子为一棵树改变了流浪一辈子的想法。

23

木偶人找出了另外半张魔法乐谱,对着白黑黑唱起了歌剧的后半段,解除了魔法的白黑黑终于和他的爸爸、妈妈见面了。

如果没有兔子阿德,木偶人罗里也许会和他的树墩擦肩而过。

树墩站在灌木丛中,他已经是一个绿色的树墩,如果不是阿德的指点,罗里根本就无法确认他就是一个树墩,更加无法看清他的年轮。

兔子阿德对树墩说:"你的树回来了。"

树墩说:"别和我开玩笑,我最近脾气不好,我会生气的。"

兔子阿德不理会,继续说:"他被做成了木偶人。"

树墩微微顿了一下,说:"那他一定是一个老木偶人了。"

树墩说着这话的时候,眼前出现了一个老木偶人,老木偶人僵直的腿蹲下来,像一只撅着屁股的虫子,木偶人的眼里流出一滴又一滴绿色的眼泪,这是树的眼泪。

树墩也流出眼泪,绿色的眼泪,和罗里的一模一样。

"我没想过我还能回来,我离开这里的时间太长了。"

"我知道你一定会回来的,这是你的根。"

"在城市里，我整天想的不是回来，而是让更加多的动物不能回到自己的森林，我，我一天都没有快乐过。"

"我知道你带走了上半张魔法乐谱，终会有一天，你会回来取下半张，这下半张乐谱一定非常重要，所以我一天天地等着你回来。"树墩居然抖动了一下，把身体上的苔藓分开一些，在一个分叉的地方，露出了另外半张低音乐谱。

这么多年来，树墩愿意身上长满了苔藓，愿意灌木挡着他，愿意沉默地生活在森林里，都是因为他要替罗里珍藏另外半张低音乐谱。

"如果没有你藏着的下半张乐谱，我会成为不可饶恕的坏蛋。"

"你不会，你不会忘记你曾经是一棵多么健美的橡树。"

木偶人罗里像婴儿一样呜呜地哭了，他的声音非常沙哑有节奏。接着他用沙哑有节奏的声音演唱后面半张魔法乐谱。

这后面半段乐谱罗里从来没有练习过，而且罗里的声音本来就很难听，所以，他唱得非常非常难听。

这个难听的声音从兔子阿德守着的树墩那里一直传到了熊的家里。

阿汤正在和白先生设计寻找魔法乐谱的方案,白太太在树林的地图上画了很多圈圈,如果白太太的每一个圈圈都代表了一棵树墩,那么,这个森林里有1000多棵被砍伐的树。

歌声传到阿汤先生的耳朵里,阿汤抬起头,望着白黑黑。

罗里的歌声传到白先生和白太太耳朵里,他们忍不住捂住了耳朵。白太太又忙着去帮白黑黑捂住耳朵。

阿汤一把拉住了白太太。

白黑黑听见歌声,显得很安静。他的眼睛望着远方,好像想起了很久很久以前的事情。

难听的歌声停止的时候,白黑黑走向白先生:"哦,爸爸,今天晚上我们按时冬眠吗?"

白太太说:"是的,孩子,我们在晚上10点按时冬眠。"

然后转身对白先生说:"亲爱的,他恢复记忆了。"

白黑黑看见阿汤先生,笑着对阿汤先生说:"哦,阿汤先生,您修好铁路了吗?您该回家了。"

阿汤先生拉着白黑黑的手,说:"是的,今晚我就回城里,我的任务已经完成了。"

在白黑黑的世界里,一切都恢复到没有离开家时候的状态。

白先生和白太太已经心满意足,他们的儿子毫发无伤地回到他们的身边,一切都按原来的方式生活下去。他们感觉到风中的瞌睡虫进了他们的屋子。

白先生说:"实在很抱歉,我们太瞌睡了,我们冬眠之前,还想请您带一句话给罗里先生。"

阿太太说:"是的,请您转告他,他唱的低音太难听了,不过,我们还是感谢他。"

白先生说:"是的,的确很难听,等冬眠醒来,我们希望他到我家里来做客。"

阿汤先生没有想到熊的一家这样容易宽恕别人,他想,这样心地好的熊,睡觉的时候一定会做美梦的,他祝熊的一家冬眠快乐。

木偶人罗里决定留在森林里了,兔子阿德将回到

他的胡萝卜村庄，阿汤先生带着解除魔法的乐谱回到城市。

在阿汤先生上火车的时候，兔子阿德也出现在站台上。

女列车员吹响了哨子，对兔子阿德说："请你赶快离开站台，列车马上就要开了。"

兔子阿德说："我是来坐车的，我要离开这里了，我要回到我的家乡胡萝卜村庄。"

阿汤先生透过窗户向阿德招手。

阿德跳着，跳过女列车员的肩膀，向阿汤先生挥手。

女列车员转身望了望阿汤先生，然后给阿德让出一条路来，阿德跳上了列车。

女列车员的哨子吹响了，列车的轮子缓缓地滚动起来。

夜色中的站台上，时钟敲响了10下。在那个巨大的时钟下面，罗里站在那里，他的嘴角微微向上翘着。

站台有一个移动的灯光照射到他身上的时候，阿德和阿汤看见了他。他们看见罗里从口袋里掏出了上半张魔法乐谱,然后撕碎了,扬起手臂抛向夜空。

"他会在这里过一辈子,和他的树墩在一起。"阿德说,"而我,我要和我的兔子小姐生活在一起。哦,对了,他让我带一封信给您。"

木偶人的信非常简单:

我会把魔法的上半张撕毁,下半张让兔子阿德带给您,希望您帮助我,让动物们恢复以前的记忆,回到自己的家乡。

回家——

木偶人罗里经历50年才回到自己的家,兔子阿德流浪三年也回到自己的家,那些许久没有回家的朋友们,他们正在城市、乡村还是森林、山冈的某一个地方,他们的心里永远不会忘记自己的家。

远处的城市里,阿灿细致地照顾着马戏团的大象、狮子和猴子……

大象班班对他的太太说:"如果恢复了记忆,我会带着你们回到家乡,再也不到这个城市里来了。"

狮子毛毛说:"我不知道自己的家乡到底在哪里,我希望那里是一座大山。"

猴子丢三和拉四却说:"对于我们两个,即使恢复了记忆也是没有用的,我们仍然会忘记自己的家住在哪儿,我们可不是因为魔法的缘故才到这个城市里来的。"

大象班班说:"你不会是想留在这里吧。"

猴子丢三和拉四一起反问大象班班:"为什么不?"

阿灿正在教狮子太太编织手套,狮子太太有些学不会,她只会编织简单的方块,狮子太太也接着说:"对啊,为什么不?"

阿灿说:"如果你不专心学习编织,你不会学会的。"

狮子毛毛说:"难道你不愿意和我一起回到大山里去。"

"不是的。"狮子太太说:"我只是怕恢复记忆以后,我会忘记了阿灿教会我的编织方法,我不愿意忘记阿灿。"

谁也不愿意忘记阿灿。

大象问狮子:"那我也会不认识你吗?毛毛先生。"

"是的,我会不认识你,你也会不认识我。"

更加糟糕的是,狮子先生突然想起,他的太太是他到马戏团以后才认识的。他不愿意他的太太不认识他或者他不认识自己的太太。

他们开始在墙壁和地上写这样的文字:

这里是狮子毛毛和太太的家。

这里的两只狮子是一家人。

这里的两只狮子说好永远不分开的。

他们这样折腾了一夜。

天亮的时候,阿汤先生突然出现在大家面前:"阿灿,大家都好吗?"

阿灿说:"好的。"

阿汤先生高兴地搓着手,说:"那我就开始唱解除魔法的歌剧了。"阿汤先生真的唱起来了,他的歌声比罗里的好听多了。

等他唱完的时候,他对阿灿说:"好了,阿灿,现在我们该和他们再见了,他们如果不理睬我们,你别难过。"

猴子丢三走到阿汤先生面前,问:"唱完了吗,阿汤先生?"

阿汤奇怪极了:"怎么,你还认识我?"他又问阿灿:"是我唱得不好吗?或许,是我唱错了?"

阿灿笑了:"不,阿汤先生,你唱得好极了。只是他们都不想听这个歌剧。"

真的吗?

大家拿下塞在耳朵里的棉团。

阿灿说:"好的,我会为你们保留这半张乐谱,什么时候,你们想变回以前的自己,就到蒲公英图书馆来找我。"

故事后面的故事

故事到这里应该结束了,但是,我们不得不回到森林里看看我们的白黑黑,还有老罗里,虽然他曾经做错过事情。

经过一个冬天,啄木鸟啄着窗户叫醒了白黑黑一家。

白先生决定不再养蜜蜂了。

白黑黑已经长大了,他可以代替爸爸做很多事情。

老罗里常常到白黑黑家里来,讲白黑黑在城市里的生活,白黑黑总是问:"真的吗?我曾经还会是一个明星?"

"真的,如果你不相信,你可以去城市里看看,也许在哪面墙上还有你演出的海报。"

白先生和白太太开始种植土豆和玉米。白黑黑决定外出养蜜蜂。

后来,他带着他的蜂蜜乘上通往城市的列车。

在一大堆土豆和玉米的车厢顶上,白黑黑看着满天的星星想:"如果我到了城市里,遇到的第一个朋友对我微笑,我就会喜欢城市。"

这时候,他的面前出现了一条卷毛的狗。

卷毛狗走到他的面前,咧开嘴笑了,他说:"我是列车上的票务员,同时,我还是'大惊小怪'马戏团的卖票员,如果你希望看精彩的马戏表演,你可以用你的蜂蜜来换票。"

白黑黑听罗里说起过自己有一位卷毛朋友,所以他说:"如果我们以前就是朋友,你应该就是卷毛。"

卷毛顿时大叫起来:"啊,你知道我叫卷毛。这么说,我不能用票换你的蜂蜜了?谁让你知道我们是好朋友的呢,我只能白送你看演出的票和关于演出的海报了。"

这是一份关于猴子举重和倒立的海报。

卷毛继续负责刷海报,他干这一行已经很多年了。

除了去看马戏,白黑黑还常常去蒲公英图书馆看书,主要是看熊为什么要冬眠,怎样冬眠这一类的书。

他们这样在城市里生活得很多年了,忙碌城忙忙碌碌的人群根本就没有时间去听他们的故事,但是,

对于他们自己来说,一切都像发生在昨天。

后来我在忙碌城生活久了,又遇到过白黑黑,他带着他的"黑熊牌"蜂蜜进了城市的商场。我买了一罐回去,闻闻,再尝尝,我能体会到白黑黑和他的蜜蜂所去过的地方是多么地遥远和美丽。

小宇的秋天

梧桐树叶子飘落下来的时候，城市里的人们感觉到风里有一种莫名的召唤。咖啡馆里传来萨克斯演奏的声音，偶尔夹杂了蟋蟀的鸣叫，男孩小宇走过一个又一个透明的玻璃橱窗，橱窗里站着的彩色条纹衣服的木偶，他的手里拿着一个彩色的条纹风筝。

小宇走进这个路边的店铺，这里有各种各样的风筝。

"我要木偶人手里的那个。"小宇说。

于是，这个彩色的条纹风筝就成了小宇的风筝。

当小宇拿着风筝走出店铺的时候，玻璃橱窗里只剩下彩色条纹的木偶了，他的手里空空的，啊，木偶人的眼睛眨了么？他会不会穿越玻璃橱窗，走出来，把条纹的彩色衣服变成金黄的稻草衣，然后走向广阔的田野？

第二天，天气晴朗，小宇的爸爸开着红色小汽车，妈妈把拉杆箱放进车里，小宇举着一个彩色条纹风筝，

一家人出发了。

车开过一个又一个玻璃橱窗的商店,小宇向那个条纹木偶挥手再见,条纹木偶木木地站着,玻璃上有反光,看不清木偶的脸。

汽车穿过隧道,跃过拥挤的高架路,又开过一段平坦的大马路,终于到了四周都是田野的公路。

公路两边长着高高的树,树冠全都是椭圆形的样子,它们站成整齐的两队,黄色的一片,一直延伸到眼睛看不见的地方。汽车开过去,一片一片的树叶跟着车轮舞动着,被丢在了路边。

前方,一个小村庄,一幢白墙黑瓦的老房子,一棵高高的柿子树,最高的枝头挂着几个红红的柿子,午后的阳光下闪亮着,奶奶站在树下,不许麻雀靠近柿子,她的头发乱了,眯着眼张望,有点孤单,她终于等来了小宇,从早晨直到下午。

奶奶埋怨爸爸和妈妈:"你们两个总说忙、忙、忙,工作再忙,也得回家啊,再不来,柿子都要被麻雀吃了。"

小宇惦记着夏天时候见到过的稻草人。那时候稻草人站在浓浓的绿色中,如今,稻子已经收割,运到田埂上，堆成了一个一个金黄色的稻草垛。

"你好，稻草人，我来看你啦。"小宇和稻草人说话。

稻草人站在空荡荡的稻田里，草帽歪了，眯着眼像是在张望，在秋天的风里，有点孤单，有点……像奶奶。

小宇又惦记起夏天时候见过的黑花纹青蛙，荷叶已经枯了，听不见青蛙"呱呱"的声音了，那只背上有黑花纹的老青蛙呢？它在池塘的哪里？它跳过一片又一片的荷叶了吗？

小宇没有看见那只爱跳的黑花纹青蛙，只看见一个灰蛤蟆慢慢地爬着。蛤蟆胖胖的，不会唱歌。爬过的地方开着金黄的野菊花。

傍晚，小宇回到柿子树下，麻雀对着他"唧唧喳喳"地叫着。

"啊，麻雀，真高兴你们还给我留着柿子。"

这天晚上，小宇吃到了红红的柿子，柿子里有太阳的色彩和味道呢。

然后，他躺在奶奶"吱嘎——吱嘎——"响的竹床上，屋外星星点点，黑色蔓延着，淹没了金黄的野菊，

红色的柿子和孤独的稻草人、沉默的灰蛤蟆,和躲在不知道哪个角落的黑花纹青蛙。

小宇开始梦见玻璃橱窗里的条纹木偶,他想穿越玻璃走出来,变成稻草人,然后走向广阔的田野。可玻璃上全是反射的光,蒙了木偶的眼睛,他走不出那个透明的玻璃墙。

清早,麻雀站在窗台上,它们不是迁徙的鸟,所以安心地唱歌。小宇一家却要离开这里了。

"冬天我们还要再来的,我们来这里堆雪人。"爸爸安慰小宇。

幸亏爸爸说了冬天还要再来的,要不,奶奶也舍不得小宇走的。

风吹过来,那是风在召唤,小宇放飞了彩色条纹的风筝,他把风筝的线交给了那个孤独的稻草人。

"好了,妈,我们要走了,冬天我们全家再回来。"小宇的妈妈安慰着奶奶。

"别太忙,累了,就回家休息几天。"奶奶站在柿子树下和小宇一家告别。

汽车越开越远,公路边几片黄色的树叶飘进车窗,奶奶的身影越来越模糊,彩色条纹的风筝也变成了一个黑黑的圆点。

城市里,萨克斯的音乐响起,人们脚步匆匆,从一个又一个玻璃橱窗前经过,条纹木偶站在街边,他的风筝去了远方,他知道,人们又走过了一个季节。

麦垛房子

阿苍喜欢独自住在乡村。在那里,他有一片麦地,他在麦地里做了一个稻草人,给稻草人穿上他的旧衣服,看着稻草人的时候,他会说:"只有一个稻草人,是有些孤单的,不过,一个就够了,不是吗?"

他的女儿一直想把阿苍接到城里去,但他总是摇摇头。

一直到他的女儿生了一个女儿,他成了外公,他去城里看了看刚出生的小孩子,就又回到了乡下。

秋天,阿苍收割了自己辛苦种的麦子,剩下的麦秆他就在田野里堆成了一个又一个麦垛。远远望去,像一幢又一幢金黄色的房子。

阿苍坐在其中的一个麦垛上,手里握着一个烟斗,烟斗里冒出一个又一个淡淡的烟圈,他的眼睛穿过淡淡的烟圈望着麦垛对面的稻草人,然后猛地吐出一个又一个浓浓的烟圈,直到模糊了眼睛。每当这时候,他就会想城里的女儿,还有那个一天天长大的小孩子。

他就这样和稻草人面对面沉默地坐着,一直坐到星星出来才回家去。

一只黑色的田鼠住进了阿苍的麦垛房子,阳光照着麦垛,麦垛房子蓬蓬松松,散发着香味,暖烘烘的。

田鼠用麦秆的根部编织成金黄色的麦秆自行车。他骑着自行车在田埂上迎风而过,他和稻草人说了再见,然后,一直骑到了村子里,村子里的红母鸡好羡慕他。

红母鸡也住进了阿苍的麦垛房子,她常常站在麦垛的尖顶上,落日的时候,阳光照着麦垛,红母鸡的羽毛蓬蓬松松,金灿灿的。

红母鸡用麦秆的中间部分编织成了金黄色的麦秆小篮子。她拎着小篮子去了河边,河边的青蛙好羡慕她。

青蛙也住进了阿苍的麦垛房子,阳光照着麦垛,青蛙钻在麦垛里,香喷喷的。

青蛙用麦秆的最上面部分编成一个金色的皇冠。他戴着金色的皇冠,走过田野、走过村庄、走过河边,走进了城市,他走得太远了,有些累,像一个流浪者,

只有麦秆皇冠还散发着光泽。

一个小女孩惊喜地发现了流落在街边的青蛙王子。

小女孩和她的妈妈很好奇,她们跟着青蛙王子。青蛙王子走出了城市,走过了河边,又走到村庄,最后来到了金黄色的麦垛旁。

阳光照着麦垛,麦垛房子暖烘烘、香喷喷、金灿灿……还有一个穿着旧衣裳的稻草人。

这样的阳光、这样的香味,这个稻草人,一切都是那么熟悉,女孩的妈妈在其中的一个麦垛上坐了下来,她笑眯眯地看着女儿和青蛙、红母鸡、田鼠一起玩游戏,她想起了自己小的时候,坐在麦垛上看夕阳染红了天边。

突然,她看见走过来的阿苍了,他数着自己堆的麦垛:"1、2、3、4、5……"

"爸爸——"女孩的妈妈从麦垛上起身,她向阿苍走过去。

"外公——"女孩也叫唤着,向着阿苍奔跑过去。

阿苍微笑地向女孩和她的妈妈伸出了手臂。

"这些麦垛多么好啊。"女孩的妈妈说。

"是的,外公堆的麦垛像房子呢。"女孩说。

田鼠、红母鸡和青蛙都站在麦垛房子上,他们都好喜欢阿苍堆的麦垛房子。

女孩说:"我还喜欢外公做的稻草人,他穿着外公的衣服。"

女孩的妈妈说:"我们也来做稻草人。"

夕阳西下的时候,稻田里又有了两个新的稻草人,一个大,一个小,大的穿着女孩妈妈的衣服,小的围着女孩的围巾。

田野里有了稻草人一家,大家都很开心。

"只要种麦子,就永远需要稻草人看着地,就永远会有麦垛房子。"阿苍拉着女孩的手。

是的,女孩想,只要种麦子,田鼠就可以骑着麦秆自行车去村里,红母鸡就可以拎着麦秆小篮子去河边,青蛙就可以带着皇冠当他的青蛙王子。

女孩的妈妈想,只要种麦子,她就可以像小时候一样,坐在麦垛上看夕阳染红了天边。

国王的爱好

古拉国的国王爱好收藏,在他的皇宫里,有一个很大很大的展厅,展出的是最珍贵的藏品。

中间的玻璃柜里放着绿色鹿的角,是绿色的,远看就像一棵树。绿色鹿和当年看见过绿色鹿的人都已经离开了人世,现在,能看到这个鹿角就已经很幸运了。

墙上挂着一束三脚马的鬃毛。据说那三只脚的马跑起来像飞一样快,国王和他的大臣想尽办法也得不到三脚马的鬃毛。有一回,一群孩子在路上撒了许多的黄豆,三脚马经过的时候,不小心就滑了一跤,孩子们很容易得到了鬃毛。国王高兴极了,用全国最高级的"鳄鱼牌"泡泡糖从孩子手上换了过来。

还有就是九齿虎的牙齿,九齿虎左边5颗牙,右边4颗牙。国王拔下了左边的第五颗牙齿,让九齿虎变成了八齿虎,真的是虎口拔牙啊。看着这颗牙齿,

国王就觉得自己非常英勇。

这些东西都是独一无二的,国王只是听说过这样的动物,早就看不见他们的身影了。

国王的收藏虽然很多,但是,他是不会满足的。听说有一种很古老的动物叫做鸭嘴兽,国王从来没有看见过。

"他长得什么样?"国王问他左右的胖瘦两位大臣。

"听说,他的身体像水獭,嘴巴像鸭子。"胖大臣摆动着自己的身体,噘着嘴巴回答。

"哦,我就要他那个像鸭子一样的嘴巴。"国王说。

"可是,根据我的调查,在我们古拉国,鸭嘴兽的数量为最小自然数。"瘦大臣说。

"什么?"国王不太能听懂瘦大臣的话。

"报告国王,最小自然数就是1,也就是说,鸭嘴兽只有一只了。"胖大臣说。

"哦,那就赶快去给我找。"国王下命令。

于是,古拉国的所有士兵都去找鸭嘴兽。他们在大街小巷张贴鸭嘴兽的画像,还在画像旁边写着:凡是捉到鸭嘴兽的,奖励一千只鸭子;凡是用鸭子嘴冒充鸭嘴兽的，格杀勿论。

国王让人在皇宫的花园里养了一千只鸭子，准备有人用一只鸭嘴兽来换。可是，一个月过去了，一千只鸭子还养在皇宫的花园里。

现在一听见鸭子叫，国王就开始烦了，对着他的大臣们发脾气。

胖大臣找瘦大臣商量："老兄，你是我们国家最有学问的人，你说说，怎样可以找到鸭嘴兽。"

瘦大臣很苦恼地拿起一块放大镜，然后说："看来，只能请书本帮忙了。"

瘦大臣马上把自己埋进了一堆书里，用放大镜看书上小小的字，活像一只撅着屁股的书虫。胖大臣每天给瘦大臣送吃的，还负责把瘦大臣吃不了的馒头吃掉。这样过了10天，胖大臣更胖了，瘦大臣更瘦了。

不过，一切都是非常值得的。瘦大臣终于想到了好办法。

"根据我的调查，鸭嘴兽生活在水边，在岸上挖洞筑巢。所以，我们要为鸭嘴兽准备这样的湖。"

"对啊，在古拉国，连鸭子也在笼子里养着，都是旱鸭子，湖真是太少了。"

胖大臣和瘦大臣找人挖湖,当风儿吹过,清清的湖水泛起一道道水波的时候,瘦大臣和胖大臣都松了一口气。

国王找来地理专家,请他们画通往这个湖的路标。并且在路标上这样写着:国王的花园湖面,鸭嘴兽的家园。

"每一个十字路口都要张贴,一定要让鸭嘴兽看见。"国王说。于是,全国所有的街道上都贴满了这样的路标。

现在国王只要一听见哪里路给堵了就气急败坏,生怕影响鸭嘴兽到皇宫的湖里来。

可是,一个月过去了,仍然没有看见鸭嘴兽来。

"我要尽快得到鸭嘴兽的嘴巴。"国王有些不耐烦地提醒胖、瘦两位大臣。

"会不会鸭嘴兽和我一样不认识字啊?"胖大臣说。

"啊,我怎么忘记了这一点?"瘦大臣马上就决定改变方案,"我认为,我们应该在湖里养一些鱼。"

"是啊,鸭嘴兽最喜欢吃鱼了。"胖大臣说这句话的时候,还咽了咽口水。

于是,他们就派人在池塘里养了很多的小鱼,路标作了这样的修改:国王的花园湖面,水生动物的家园。另外在一旁还画了鱼的标记(形状就是一串吃过的完整的鱼骨头)。

可是,又一个月过去了,仍然没有看见鸭嘴兽的影子。国王的脾气更加糟糕了,他开始怀疑世界上到底有没有鸭嘴兽。

胖大臣也开始担心起来,"老兄,你到底有没有弄错?"

"听说,这最后的一只鸭嘴兽喜欢一种有着清香味的草,他要在这样的草里才会孵小宝宝。"瘦大臣决定做最后的努力。

"赶快去种草。"国王命令着。

瘦大臣又像书虫一样去研究关于植物的书。等他从书堆里爬出来的时候,已经瘦得像一根藤了。胖大臣像一棵粗壮的树一样让他靠着。

国王亲自去了湖边。他想:如果我是鸭嘴兽,我一定会喜欢这样的湖的。真的,清清的湖水,游来游去的小鱼,还有绿绿的草丛,谁不喜欢啊?

就在这时候,国王看见草丛里有一只胖乎乎的动

物,毛是暗褐色的,嘴巴扁扁的。啊,这鸭子一样的嘴巴,一看就是鸭嘴兽啊。

"你好,鸭嘴兽。"国王很激动,他终于看见鸭嘴兽了。

"谢谢你国王,你的士兵和警察都没有为难我,我才顺利地到达了这个美丽的地方。"鸭嘴兽说。

"谁也不会为难你。这个国家是我的,也是你的。"国王说完就觉得很奇怪,自己一心想要得到鸭嘴兽的嘴巴,怎么现在变成了这样的结果了。

"我可以在这里举办我的晚宴吗?"鸭嘴兽问。

"难道你还有很多的朋友?我还认为鸭嘴兽的数量是最小自然数呢。"国王说。

"本来在我们古拉国只有我一只鸭嘴兽了,我已经准备离开古拉国,到邻国去找鸭嘴兽朋友。"

"是吗?邻国有很多鸭嘴兽吗?"国王问。

"不,也不多了,大家都觉得很孤独。"鸭嘴兽说。

"是啊,如果我的国家里只有我一个人了,我也会孤独的。"国王的心情也有些难过。

"但是,你的花园湖面吸引了我,我还邀请了邻国的鸭嘴兽一起来,今晚你也来吗?"鸭嘴兽邀请国王。

"真的?我很荣幸见到你的朋友。"国王第一次受到动物的邀请,觉得很意外,也很激动。

鸭嘴兽的晚宴会是什么样的呢?除了国王,没有人知道。

第二天,国王命令瘦大臣和胖大臣把一千只鸭子放了。

"为什么?"胖大臣问。

"如果不这样,总有一天,就连鸭子也会成为最小自然数的。"国王不再对收藏感兴趣,他开始喜欢挖湖。

后来国王还种草,他问胖大臣:"如果你是一只胖兔子,喜欢这样的草地吗?"直到胖大臣说喜欢,他才停止种草。

有一段时间,国王喜欢做鸟窝。他问瘦大臣:"如果你是一只瘦鸟,会喜欢这个鸟窝吗?"直到瘦大臣点头了,他才停止做鸟窝。

所以现在古拉国的大街上,兔子在路边吃胡萝卜,小鸭子排着队过马路。一切都那么美好。

世界上不能只有一个人走路

糊涂先生穿着他的大鞋子,走在大街上。

"对于一个肥胖的人来说,走路是最好的锻炼方法。"这是他坚持步行的理由之一。

可是,还有别的胖子呢?他们为什么都坐在汽车里?

哦,世界上只有糊涂先生一个人走路了。"这世界怎么了?"糊涂先生拍拍额头,他真的弄糊涂了。

"嘀嘀——"

"吧吧——"

所有的车都挤在了一起,车子里的人伸出头等着车子的通行。

"多像蜗牛呀。"糊涂先生自言自语地说着。是呀,汽车都排着队,比走路还慢。

可是,只有糊涂先生一个人在走路。

糊涂先生走路的理由之二是:他最近正在琢磨设

计耐穿的鞋子。

他的设计遭到了所有鞋店的反对,本来大家都不走路了,已经很少有人买鞋了,如果再耐穿,一双鞋穿10年、20年、30年……那他们只好关门了。

一个人走路,多么寂寞呀!

当糊涂先生走过一片卵石地的时候,他的大鞋子"啪踏啪踏"响。

"噢,亲爱的鞋子,是你在和我说话吗?是你在对我唱歌吗?是你在陪我吗?"糊涂先生对大鞋子说。

大鞋子还在"啪踏啪踏,啪踏啪踏……"地响着。

对了,我的鞋子不但可以是耐穿的,还可以是会唱歌的。

于是,糊涂先生把自己关在家里了。那几天,马路上一个走路的人都没有了。"这是暂时的,过几天,马路上会挤满了走路的人,会有许多胖子和我一起走路。"

很快,糊涂先生的鞋子设计好了。糊涂先生穿上在家里走了一圈。顿时,鞋跟里发出了音乐。

糊涂先生就穿着这双鞋走出去了。糊涂先生在一个堵车的地方来回地走。他这样走的目的是想让大家

注意到他的鞋子在唱歌。

可是,马路上实在是太吵了,没有人听到鞋子的声音。

糊涂先生失望极了。他独自走进了森林里。森林里静静的,也只有他一个人在走,鞋子发出好听的音乐。

"能让我穿一下你的鞋子吗?"一头大猩猩问。

"好啊。"只要是冲着鞋子来的,糊涂先生就高兴。

他把鞋子脱给了大猩猩,大猩猩没有鞋子脱给糊涂先生,糊涂先生就光着脚坐在树下,看着大猩猩来来回回地走。

大猩猩穿着鞋子突然就走远了。"喂,我的鞋子。"糊涂先生着急了。可是,大猩猩根本就像没听见一样。它走到马路上了。

马路上还是那样的拥挤和吵闹,可是大家突然就都把头探出了窗外。

"真是好玩极了,大猩猩穿着大鞋子在马路上走。"一位叔叔说。

"他的鞋子真有趣,会唱歌。"一位阿姨说。

"如果用这样的鞋子走路,一定愉快极了。"胖子说。

是呀，可是到哪里去买这样的鞋子呀？

大家都去问鞋店的老板，鞋店的老板想："是呀，这只大猩猩的鞋子是从哪儿来的，我们店里怎么没有呀？"

于是，他们就跟踪大猩猩。

大猩猩在马路上逛了一圈就回到森林里了。

糊涂先生还傻乎乎地坐在树底下。

大猩猩把鞋子还给糊涂先生，糊涂先生说："你呀，真是太顽皮了。这可是我发明的音乐鞋噢。"

"你发明的？"鞋店老板、叔叔、阿姨还有胖子全都围了上来。

糊涂先生很愿意为大家做鞋子，他说："世界上不能只有一个人走路。"

他做的鞋子很牢固，可以穿10年，但是，鞋店的生意还是很好，因为大家要买各种各样声音的，有的是钢琴声音的，有的是小提琴声音的，有的是笛子声音的。还有要买各种曲子的，赶路的时候，要买欢快的，散步的时候要买优美的，心情不好的时候，要买悲伤的。

后来,马路上走路的人就多起来了,起先是胖子都走路了,糊涂先生说:"我早就说过,会有很多的胖子和我一起走路的。"后来还有很多的瘦子也来走路了,糊涂先生说:"这可是我没想到的。"

树叶兔

1

树叶兔常常躲在树洞里,他把两只长长的耳朵留在树洞外面,听风吹过树洞的声音。看上去,像是树干上长出了两片长长的树叶。

树叶兔的身体非常轻,风再来的时候,他必须要躲进树洞、抱住树干,或者用力抓住地上高大的草。哦,这听上去很麻烦,却是必须要记住的。

要不然的话,他将成为少掉一只耳朵的兔子,没有尾巴的兔子,或者更加严重一些,干脆就变成没有身体的兔子。哦,这是想都不能想的结果。

不过,这样提心吊胆的日子很快就会过去了。因为,树叶兔遇到了女孩米粒,一个七岁的小女孩。

米粒看见树叶兔的时候,树叶兔正紧紧地抓住一棵狗尾巴草,他和狗尾巴草一起被风吹起来,看上去像是横着悬挂在半空中的卡通兔子。

"在城市里,风要比这里小得多。"米粒说。

"如果你可以带我进城,我会考虑的。"树叶兔抓住狗尾巴草像抓住了救命稻草,这样的日子他想尽快结束。

米粒好希望这只棕色的兔子能跟她回家,"如果你进门的时候能擦干净脚,不让地板上留下脚印,也不随便大便,我的妈妈会同意你住在我家里的。"

树叶兔向米粒保证他是讲卫生的兔子。

米粒把树叶兔带到爸爸妈妈面前。

"我想带一只兔子回家。"米粒带着树叶兔对她的妈妈说。米粒的妈妈是大学生物教师,她收集了一些森林里的红色和黄色的树叶。

"可是,他是野兔子。"米粒的妈妈头也不回地回答。

"我想带一只兔子回家。"米粒带着树叶兔对她的爸爸说。

"如果兔子愿意,我没有问题,我还想带猴子回家呢,可是,他们不会同意。"米粒的爸爸是画家,他正在画一只生活在这里的猴子。

"我真的会带一只兔子回家的。"米粒重新对她的爸爸和妈妈说。

爸爸和妈妈终于抬头看到即将成为他们家成员的兔子。啊，他们都惊呆了，他们从来都没有看见过棕色的兔子。

"真是奇特的兔子，我从来没有想到兔子还可能是这样美的。"米粒的爸爸很想画下这只兔子。

米粒的妈妈就更加希望这只兔子住在她家里了，"如果你愿意讲讲你的故事，我会更加欢迎你的。"

"不。"树叶兔说，"我早听说人类喜欢打听别人的秘密，可是我不想说自己的过去，不要猜我是怎么来的，否则——"

"妈妈——"米粒打断了妈妈，她怕妈妈提更加多的要求，使得树叶兔不愿意跟她回家。

事实上，米粒的妈妈对人的秘密一点也不感兴趣，她只是对于动物和植物的秘密感兴趣。她希望能得到一根棕色的兔子毛，但是，她觉得向一只兔子要一根毛虽然不是什么大不了的事情，但有些没有礼貌。

"只要他住在我们的家里，你会在地板上、床上找到棕色的兔子毛的。"米粒的爸爸在妈妈耳边轻轻地说，他怕纠缠着要兔子毛，吓跑了树叶兔，他想画

树叶兔的愿望也就落空了。

树叶兔没有想到人类对他会这样热情。

2

米粒也没有想到爸爸和妈妈会这样热情地对待树叶兔。

米粒的妈妈说:"你可以在地板上随便走。"

米粒的爸爸说:"你可以随便看我的画册。"

妈妈接着说:"你可以在床上随便打滚。"

爸爸接着说:"你可以在我的画册上按你的手印,哦,是前爪印。"

妈妈又说:"你还可以用我的梳子。"

爸爸说:"当然,你可以用我的画笔,哦,不,画笔还是不要动的好,你可以随便用我的牙刷,对,是牙刷。"

连米粒也不能随便用爸爸的牙刷,因为爸爸的牙刷有时候也用来画画,比如蘸上颜料,用一把小刀片刮牙刷,白纸上就会出现均匀的喷色。

树叶兔很快就在地板上走过了,但是,没有留下脚印，不过他看爸爸画册的时候，在画册上留下了爪印。他也在床上打过滚了，但是，没有落下棕色的兔子毛，不过，他终于在梳理耳朵边毛毛的时候，在梳子上留下了一根棕色的毛。

爸爸很快就发现了画册上的爪印，这是什么爪印？明明就是一片树叶的叶脉印。

妈妈也很快对那根棕色的兔子毛进行了化验，发现了植物纤维。也就是说，树叶兔不是真正的兔子，他具备植物的特征。

太奇怪了，本来，米粒的妈妈猜测，树叶兔是吃了一种植物的花，这种植物的花可能会有很多颜色，他吃了棕色的花所以变成了棕色兔子，如果吃了红色的花，就可能是红色兔子了，按照这个想法，可以让羊也吃这样的花，世界上有了彩色的羊，彩色的兔子，根本就不需要染色，我们就可以得到彩色的羊毛和兔毛了。

但是，事实上，米粒的爸爸和妈妈已经知道树叶兔的来历了。

米粒的妈妈对他的爸爸说："不要说出兔子的来历，否则他会随着风消失。"

米粒的爸爸更加热情:"去吧,树叶兔,让米粒带你去跑步。"

米粒的妈妈也更加热情:"去吧,树叶兔,让米粒教你跳绳。"

运动,运动或许可以使树叶兔变成真正的兔子。

于是,每天,米粒和树叶兔一起跑步,和树叶兔一起跳绳。树叶兔真的变得健壮起来,他忘记曾经在风中哆嗦的日子了。

时间悄悄地经过了一年,树叶兔和米粒一起走过了许多日子,他们一起长大,树叶兔觉得自己像一只真正的兔子了。

一个晴朗的早晨,天气晴,没有一丝风。

树叶兔和米粒背对着背靠在公园的一棵大树上休息,树叶兔说:"我一直都在躲避风,其实,是风让我成为兔子。"

米粒听不懂树叶兔的话。

树叶兔不需要米粒听懂,他继续说:"和人类做朋友真好,有一个家真好,家是躲避风雨的最好的地方。"

米粒想象着树叶兔说这些话的时候,他长长的耳朵一定摆动着，于是，回头看树叶兔。

但是她没有找到树叶兔，她只看见地面上有一堆黄色的树叶。其中有两片特别特别长的树叶，这是树叶兔的树叶耳朵。树叶兔走了，他变成一堆枯黄的树叶散落在泥地上，米粒非常伤心。这一天，正是树叶兔到米粒家整整一年。

米粒的妈妈说："树叶在风中旋转，他们心中一起想着要成为兔子的时候，树叶兔就形成了，如果不被风吹走，他能生活整整一年。"

米粒的爸爸说："他没有消失在风中，所以不要为他伤心。"

爸爸完成了关于树叶兔的画，画上树叶兔长长的树叶耳朵向后摆着，画的下面写着一行字：人类的朋友。

树上飘下一片树叶，啊，秋天到了，秋风起来了，吹吧，如果那些树叶一起想着当一只兔子的时候，新的树叶兔就会形成，米粒一家仍然会把他带到家里，像爱原来的树叶兔一样爱他。

木头城的歌声

从前,有一个很奇怪的木头王国,一切都是木头做的,看起来,那么美,那么安静。

木头王国其实只是一座木头做成的城市,城里住着许多木头人,他们走路慢慢的,说话轻轻的,从来不笑也不哭。

他们有一个又瘦又严肃的国王,走路笔直笔直,说话一字一顿,他要求每一个木头人都必须遵守木头王国的规定,那就是:不许大声吵闹,不许又哭又闹,不许唱歌跳舞……

"安静、安静、安静——木头城必须是安静的——"木头国王大声地宣布。

多少年来,这木头城果然就是一座安静的城市,当然,也显得有些冷清啦。

直到有一天,流浪歌手布熊经过这里。

"木——头——城——"布熊觉得这里的一切都

很美,"可是,为什么这里又像缺少了什么?"

夕阳慢慢落下,广场上的人们一步一步走着,没有声音,只有广场中央的大钟发出"当——当——当——"的声音,布熊找到了答案:"噢,这里太安静了,这里需要音——乐——"

布熊有一只神奇的音乐盒,盒子里住着小小的音乐姑娘,他把音乐盒的盖子打开,优美的音乐飘出来,音乐姑娘从盒子里站起来,在音乐盒的舞台上旋转,然后跳起轻快的舞蹈,和布熊一起唱起快乐的歌谣:

如果感到幸福你就拍拍手,啪啪;如果感到幸福你就跺跺脚,哒哒……

歌声越传越远,回响在木头城的广场。

第一次听到这欢快的歌曲,木头娃娃们忍不住张张嘴巴,扭扭屁股,也想唱起来,跳起来。可是木头城向来是不吵不闹的呀,木头爸爸、木头妈妈见了一定会骂的。

木头爸爸、木头妈妈呢?他们也听到音乐姑娘的歌声了,他们伸伸手,抬抬腿,忍不住也想唱起来跳起来。可是木头城向来是安安静静的呀,木头爷爷、木头奶奶见了一定会生气的。

歌声传到木头爷爷、木头奶奶耳朵里,他们点点头,抖抖肩,忍不住也想跟着唱一唱,跳一跳。可是他们转念一想,都这么大岁数了,木头娃娃们和木头爸爸、木头妈妈们见了会笑话的呀!

就这样,布熊和音乐姑娘的歌唱了一首又一首,舞跳了一个又一个,木头城里所有的人都装作没看见,只管静静地做自己的事情。

终于,木头王国听见了。他非常生气:"谁?谁在我的王国里这样吵闹,啊,这是什么声音,为什么,我听了就想,想扭屁股,啊,不,一个国王怎么可以扭屁股,这个音乐一定是有魔法的。"

他喊来木头士兵:"快,快,快赶走那个布熊,赶出我们的木头城,疯狂的音乐会打乱这里的一切,必须立刻、马上、突然地……停止!"

士兵们听着歌声很快找到了布熊,其中一个士兵说:"布熊先生,我们的国王命令你马上离开木头城。不过,我想告诉你,这,这只是国王的想法。"

另一个士兵大声说:"是的,你必须马上离开。"然后,他压低了声音说,"不过,你不用急着走。"

布熊摇了摇头,说:"你们的国王,真是一个木头疙瘩！"说完，他收拾好音乐盒准备离开木头城，他要继续流浪了。

可是，粗心的布熊把音乐姑娘忘在了木头城。

木头娃娃们最早发现了音乐姑娘，小姑娘已经哭成了泪人儿。从来不哭的木头人最怕见眼泪了，木头爸爸、木头妈妈一个劲地劝音乐姑娘："为什么要哭呢？快别哭了。"木头爷爷、木头奶奶把音乐姑娘带回家，让她睡在木头房子的一张小木床上。

夜里，木头人一家全睡了，音乐姑娘躺在小木床上唱起了歌：

如果感到悲伤你就叹叹气，唉！唉！如果感到悲伤你就哇哇哭，哇！哇！

小姑娘边唱边哭，越唱越伤心，越唱眼泪越多。

木头人一家都醒了，他们一个个都竖起耳朵听音乐姑娘的歌唱，他们没想到世界上会有这样悲伤的歌，他们也跟着叹起气来，跟着掉下泪来，跟着轻轻地唱起这首让人伤心的歌来……

歌声飘呀飘，传到了广场上，广场上聚集了一群悲伤的人们，歌声变得越来越整齐和响亮，传到了木头国王的耳朵里。他叹着气："谁？谁在我的王国里

唱这样的歌,为什么,我听了就想哭,啊,不,一个国王怎么可以哭呢?"

歌声越过了木头城,一直传到了布熊的耳朵里。"怎么?木头人也会唱歌?"布熊先是很奇怪,再仔细一听,呀,音乐姑娘也在跟他们一起唱歌!

"啊?音乐姑娘,我来啦——"布熊掉过头,向木头城奔去。

音乐姑娘重新见到了布熊,她又回到音乐盒里那个旋转的舞台,唱起了她在木头城唱过的那支拍拍手、跺跺脚的快乐歌曲。

这时,木头人们都为音乐姑娘和布熊的团聚欢呼起来,他们再也忍不住了:

木头娃娃张大嘴巴,扭起屁股;

木头爸爸、木头妈妈拍起了手,跺起了脚;

木头爷爷、木头奶奶晃动着脑袋,抖动着肩膀。

整个木头城上空亮起了星星,响起了欢快的歌声。

就在这时,木头王国的国王来了,士兵们大声地喊着:安静、安静、安静——

国王会生气了吧?国王一定是来宣布更加严厉的命令的?木头城的人们猜测着。

国王站在城市广场高高的大钟下面,"当——当——当——"钟声回响。

月光下,国王开始发表演说:"现在,我有一项新的规定,那就是——"

人们一点声音都没有,大家紧张地听着国王的命令。

"从现在开始,木头城所有的臣民,想笑就笑,想哭就哭,想唱就唱,想跳就跳吧——"

月光下,木头城的木头人们拉着手,跳起了圆圈舞;木头城的士兵们跳起踢踏舞;他们的国王满脸都是泪水,他高兴得手舞足蹈,嗷嗷地叫着。

木头城一夜之间变成了音乐城啦!

布熊和音乐姑娘在夜色中离开了木头城,他们要把音乐带到更多的地方去,也把欢乐与幸福带到远方。